岁月从来不言，
却见证了
所有真心

季羡林 著

吉林出版集团股份有限公司
全国百佳图书出版单位

图书在版编目（CIP）数据

岁月从来不言，却见证了所有真心 / 季羡林著. -- 长春：吉林出版集团股份有限公司，2024.2
ISBN 978-7-5731-4587-1

Ⅰ.①岁… Ⅱ.①季… Ⅲ.①散文集—中国—当代 ②杂文—作品集—中国—当代 Ⅳ.①I267

中国国家版本馆CIP数据核字（2024）第037456号

岁月从来不言，却见证了所有真心
SUIYUE CONGLAI BU YAN, QUE JIANZHENG LE SUOYOU ZHENXIN

著　　者：	季羡林
责任编辑：	矫黎晗　孙　婷
封面设计：	田　松
出　　版：	吉林出版集团股份有限公司
发　　行：	吉林出版集团青少年书刊发行有限公司
电　　话：	0431-81629808
印　　刷：	德富泰（唐山）印务有限公司
开　　本：	880mm×1230mm　1/32
字　　数：	150千字
印　　张：	8
版　　次：	2024年2月第1版
印　　次：	2024年2月第1次印刷
书　　号：	ISBN 978-7-5731-4587-1
定　　价：	39.00元

如发现印装质量问题，影响阅读，请与印刷厂联系调换。022-58708299

尽管我们目前还有这样那样的困难，
但是我们未来的道路将会越走越宽广。
我们今天回忆过去，
决不仅仅是发思古之幽情。
我们回忆过去是为了未来。

人是非常容易怀旧的,
怀旧往往能带来某一种愉快。
但是,到了我这样的年龄,
我看到的经历过的已经太多太多了,
"悲欢离合总无情",有时候我连怀旧都有点懒怠了。

耳听铿锵清脆、悠扬有致的京腔,
如闻仙乐。
此时鼻管里会蓦地涌入一股幽香,
是从路旁小花摊上的栀子花和茉莉花那里散发出来的。
回到公寓,
又能听到小胡同中的叫卖声:
"驴肉!驴肉!"
"王致和的臭豆腐!"
其声悠扬、深邃,还含有一点凄清之意。

在黄昏的微光中，
碗口大的花朵颜色有点暗淡了，
分不清哪一朵是黄的，
哪一朵是红的，
哪一朵又是红里透紫的。
但是，芬芳的香气却比白天阳光普照下还要浓烈。

我相信，一个在沧海中失掉了笑的人，
绝不能做任何的事情。
我也相信，一个曾经沧海又把笑找回来的人，
却能胜任任何的艰巨。

我看到这老妇人从穿过芦花丛的一条小路上走了来。
霜白的乱发,衬着霜白的芦花,一片辉耀的银光。
极目苍茫微明的云天在她身后伸展出去,
在云天的尽头,还可以看到一点点的远村。

我们同样都是被厄运踏在脚下的苦人,
当悲哀正在啃着我的心的时候,
我怎忍再看你那老泪浸透你的面孔呢?
请你不要怨我骗你吧,我为你祝福!

夏天，黄昏以后，
我在坑边的场院里躺在地上，数天上的星星。
有时候在古柳下面点起篝火，
然后上树一摇，成群的知了飞落下来。
比白天用嚼烂的麦粒去粘要容易得多。
我天天晚上乐此不疲，天天盼望黄昏早早来临。

目录
CONTENTS

01 你所热爱的,就是你的生活

德国学习生活回忆 〉2

梦萦未名湖 〉8

北京忆旧 〉15

梦萦水木清华 〉20

我和北大图书馆 〉25

我爱北京的小胡同 〉29

温馨的回忆 〉33

02 灵魂契合的人，相逢即永恒

塔什干的一个男孩子～38
一双长满老茧的手～49
爽朗的笑声～56
难忘的一家人～63
一个影子似的孩子～70
人间自有真情在～74
两个乞丐～78
两行写在泥土地上的字～84
忆念荷姐～89
我的女房东～94

03 短的是岁月，长的是真情

母与子～104
寻梦～118
月是故乡明～121
赋得永久的悔～125
寸草心～134
三个小女孩～144
我的家～153

04

师情永存，友谊长青

忆章用 / 160
纪念一位德国学者西克灵教授 / 175
春城忆广田 / 180
我记忆中的老舍先生 / 191
回忆梁实秋先生 / 198
悼念沈从文先生 / 203
寿寿彝 / 210
忆念胡也频先生 / 213
晚节善终 大节不亏——悼念冯芝生（友兰）先生 / 220
追忆哈隆教授 / 229

01 你所热爱的，就是你的生活

德国学习生活回忆

我于1934年在清华大学西洋文学系毕业,到母校济南省立高中去教了一年国文。1935年秋天,考取清华大学与德国交换研究生,到德国著名的大学城哥廷根去继续学习。

首先碰到的一个问题就是学习科目。我曾经想学习古希腊文和拉丁文。但是当时德国中学生要学习八年拉丁文、六年希腊文。我补习这两种古代语言至少也要费上几年的时间,那是无论如何也做不到的。为这个问题,我着实烦恼了一阵。有一天,我走到大学的教务处去看教授开课的布告。偶然看到Waldschmidt教授要开梵文课。这一下子就勾引起我旧有的兴趣:学习梵文和巴利文。从此以后,我在这个只有十万人口的小城住了整整十年,绝大部分精力就用在学习梵文和巴利文上。

我到哥廷根时，法西斯头子才上台两年。又过了两年，1937年，日本法西斯就发动了侵华战争。再过两年，1939年，德国法西斯就发动了第二次世界大战。在漫长的十年当中，我没有过上几天平静舒适的日子。到了德国不久，就赶上黄油和肉定量供应，而且是越来越少。二次大战一爆发，面包立即定量，也是同样的规律：越来越少，而且越来越坏。到了后来，基本上不见黄油，做菜用的油是什么化学合成的。每月分配到的量很少，倒入锅中，转瞬一阵烟，便一切俱逝。做面包的面粉大部分都不是面粉。德国人自己也不知道是什么东西，有的说是海鱼粉做成，有的又说是木头炮制的。刚拿到手，还可以入口。放上一夜，就腥臭难闻。过了几年这样的日子，天天挨饿，做梦也梦到祖国吃的东西。要说真正挨饿的话，那才算是挨饿。有一次我同一位德国小姐骑自行车下乡去帮助农民摘苹果，因为成丁的男子几乎都被征从军，劳动力异常缺少。劳动了一天，农民送给我一些苹果和五磅土豆。我回家以后，把五磅土豆一煮，一顿饭吃个精光，但仍毫无饱意。挨饿的程度，可以想见。我当时正读俄国作家果戈理的《钦差大臣》，其中有一个人没有东西吃，脱口说了一句："我饿得简直想把地球一口气吞下去。"我读了，大为高兴，因为这位俄国作家在多少年以前就说出了我心里的话。

然而，我的学习并没有放松。我仍然是争分夺秒，把全部的时间都用于学习。我那几位德国老师使我毕生难忘。西克教授（Prof.Emil Sieg）当时已到耄耋之年，早已退休，但由于Waldschmidt被征从军，他又出来代理。这位和蔼可亲、诲人不倦的老人治学谨严，以读通吐火罗语，名扬国际学术界。他教我读波颠阇利的《大疏》，教我读《梨俱吠陀》，教我读《十王子传》，这都是他的拿手好戏。此外，他还殷切地劝我学习吐火罗语。我原来并没有这个打算，因为，从我的能力来说，我学习的东西已经够多的了。但是他的盛意难却。我就跟他念起吐火罗语来。同我同时学习的还有一个比利时的学者W.Couvreur, Waldschmidt教授每次回家休假，还关心指导我的论文。就这样，在战火纷飞下，饥肠辘辘中，我完成了我的学习，Waldschmidt教授和其他两个系——斯拉夫语言系和英国语言系的有关教授对我进行了口试。学习算是告一段落。有一些人常说：学术无国界。我以前对于这句话曾有过怀疑：学术怎么能无国界呢？一直到今天，就某些学科来说，仍然是有国界的。但是，也许因为我学的是社会科学，从我的那些德国老师身上，确实可以看出，学术是没有国界的。他们对我从来没有想保留一手。循循善诱，谆谆教导，连想法和资料，对我都是公开的。他们为什么这样做呢？难道他们不是想使他们从事的那种学科能够传入迢迢万里的中国来生根发芽结果吗？

此时战争已经形势大变。德国法西斯由胜转败，只有招架之功，没有还手之力。最初英美的飞机来德国轰炸时，炸弹威力不大，七八层的高楼仅仅只能炸坏最上面的几层。法西斯头子尾巴大翘，狂妄地加以嘲讽。但是过了不久，炸弹威力猛增，往往是把高楼一炸到底，有时甚至在穿透之后从地下往上爆炸。这时轰炸的规模也日益扩大，英国白天来炸，美国晚上来炸，都用的是"铺地毯"的方式，意思就是炸弹像铺地毯一样，一点空隙也不留。有时候，我到郊外林中去躲避空袭，躺在草地上仰望英美飞机编队飞过，机声震地，黑影蔽天，一躺就是个把小时。

我就是在这样饥寒交迫、机声隆隆中学习的。我当然会想到祖国，此时祖国在我心头的分量比什么时候都大。然而它却在千山万水之外，云天渺茫之中。我有时候简直失掉希望，觉得今生再也不会见到最亲爱的祖国了，同家庭也失掉联系。我想改杜甫的诗："烽火连三岁，家书抵亿金。"我曾在当时写成的一篇短文里写道："乡思使我想到：我是一个有故乡和祖国的人。"也许现在的人们无法理解这样一句平凡简单然而又包含着许多深意的话。我当时是了解的，现在当然更能了解了。

在这里，我想着重提一下德国人民的友好情谊。大家都知道，在二十世纪三十年代末四十年代初，中国，除了解放区以外，是在国民党统治下的，外交无能，内政腐败，黄钟毁弃，瓦釜雷鸣，是一个被人家瞧不起的国家，何况德国法西斯更是瞧不起所谓"有色人种"的。法西斯头子希特勒时有所表露，而他的话又是被某一些德国人奉为金科玉律的。然而，在广大人民群众中，情况却完全两样。我在德国住了那样长的时间，从来没有碰到种族歧视的粗野对待。我的女房东待我像自己的孩子一样。离别时她痛哭失声。我的老师，我上面已经讲到过，对我在学术上要求极严，但始终亲切和蔼，令我如在春风化雨中。对一个远离祖国有时又有些多愁善感的年轻人来说，这是极大的安慰，它使我有勇气在饥寒交迫、精神极度愁苦中坚持下去，一直看到法西斯的垮台。

法西斯垮台以后，德国已经是一片废墟。我曾到哈诺弗① 去过一趟。这个百万人口的大城，城里面光留下一个空

---

① 哈诺弗：通称为汉诺威。

架子，几乎没有什么居民。大街两旁全是被轰炸过的高楼大厦，只剩下几堵墙。沿墙的地下室窗口旁，摆满上坟用的花圈。据说被埋在地下室里的人成千上万。当时轰炸后，还能听到里面的求救声，但没法挖开地下室救他们。声音日渐微弱，终于无声地死在里边。现在停战了，还是无法挖开地下室，抬出尸体。家人上坟就只好把花圈摆在窗外。这种景象实在让人毛骨悚然。

这时已是1945年深秋，我到德国已经整整十年了。我同几个中国同乡，乘美军的汽车，到了瑞士，在那里住了将近半年，1946年夏天回国，从此结束了我那漫长的流浪生活。

1981年5月11日

梦萦未名湖

北京大学正在庆祝九十周年华诞。对一个人来说，九十周年是一个很长的时期，就是所谓耄耋之年。自古以来，能够活到这个年龄的只有极少数的人。但是，对一个大学来说，九十周年也许只是幼儿园阶段。北京大学肯定还要存在下去的，两百年，三百年，一千年，甚至更长的时期。同这样长的时间相比，九十周年难道还不就是幼儿园阶段吗？

我们的校史，还有另外一种计算方法，那就是从汉代的太学算起。这决非我的发明创造，国外不乏先例。这样一来，我们的校史就要延伸到两千来年，要居世界第一了。就算是两千来年吧，我们的北大还要照样存在下去的，也许三千年，四千年，谁又敢说不行呢？同将来的历史比较起来，活了两千年也只能算是如日中天，我们的学校远远没有达到耄耋之年。

一个大学的历史存在于什么地方呢？在书面的记载里，在建筑的实物上，当然是的。但是，它同样也存在于人们的记忆中。相对而言，存在于人们的记忆中，时间是有限的，但它毕竟是存在，而且这个存在更具体、更生动、更动人心魄。在过去九十年中，从北京大学毕业的人数无法统计，每个人都有自己的对母校的回忆。在这些人中，有许多在中国近代史上非常显赫的名字。离开这一些人，中国近代史的写法恐怕就要改变。这当然只是极少数人。其他绝大多数的人，尽管知名度不尽相同，也都在自己的工作岗位上，对祖国的建设事业做出了自己的贡献。他们个人的情况错综复杂，他们的工作岗位五花八门。但是，我相信，有一点却是共同的：他们都没有忘记自己的母校北京大学。母校像是一块大磁石吸引住了他们的心，让他们那记忆的丝缕永远同母校挂在一起：挂在巍峨的红楼上面，挂在未名湖的湖光塔影上面，挂在燕园的四时不同的景光上面：春天的桃杏藤萝，夏天的绿叶红荷，秋天的红叶黄花，冬天的青松瑞雪；甚至临湖轩的修篁，红湖岸边的古松，夜晚大图书馆的灯影，绿茵上飘动的琅琅书声，所有这一切无

不挂上校友们回忆的丝缕,他们的梦永远萦绕在未名湖畔。《沙恭达罗》里面有一首著名的诗:

> 你无论走得多么远也不会走出我的心,
> 黄昏时刻的树影拖得再长也离不开树根。

北大校友们不完全是这个样子吗!

至于我自己,我七十多年的一生(我只是说到目前为止,并不想就要做结论),除了当过一年高中国文教员,在国外工作了几年以外,唯一的工作岗位就是北京大学,到现在已经四十多年了,占了我一生的一半还要多。我于1946年深秋回到故都,学校派人到车站去接。汽车行驶在十里长街上,凄风苦雨,街灯昏黄,我真有点悲从中来。我离开故都已经十几年了,身处万里以外的异域,作为一个海外游子经常给自己描绘重逢的欢悦情景。谁又能想到,重逢竟是这般凄苦!我心头不由自主地涌出了两句诗:"西风凋碧树,落叶满长安(长安街也)。"我心头有一个比深秋更深秋的深秋。

到了学校以后,我被安置在红楼三层楼上。在日寇占领时期,红楼驻有日寇的宪兵队,地下室就是行刑杀人的地方,传说里面有鬼叫声。我从来不相信有什么鬼神。但是，在当时，整个红楼上下五层，寥寥落落，只住着四五个人，再加上电灯不明，在楼道的薄暗处真仿佛有鬼影飘忽。走过长长的楼道，听到自己的足音回荡，颇疑非置身人间了。

但是，我怕的不是真鬼，而是假鬼，这就是决不承认自己是魔鬼的国民党特务，以及由他们鸠集来的当打手的天桥的地痞流氓。当时国民党反动派正处在垂死挣扎阶段。号称北平解放区的北大的民主广场成了他们的眼中钉、肉中刺。红楼又是民主广场的屏障，于是就成了他们进攻的目标。他们白天派流氓到红楼附近来捣乱，晚上还想伺机进攻。住在红楼的人逐渐多起来了。大家都提高警惕，注意动静。我记得有几次甚至想用椅子堵塞红楼主要通道，防备坏蛋冲进来。这样紧张的气氛颇延续了一段时间。

延续了一段时间，恶魔们终于也没能闯进红楼，而北平却解放了。我于此时真正是耳目为之一新。这件事把我的一生明显地分成了两个阶段。从此以后，我的回忆也截然分成了两个阶段：一段是魑魅横行，黑云压城；一段是魍魉现形，天日重明。二者有天渊之别、云泥之分。北大不久就迁至城外有名的燕园中，我当然也随学校迁来，一住就住了将近四十年。我的记忆的丝缕会挂在红楼上面，会挂在截然不同的两个世界上，这是不言自喻的。

一住就是四十年，天天面对未名湖的湖光塔影。难道我还能有什么回忆的丝缕要挂在湖光塔影上面吗？别人认为没有，我自己也认为没有。我住房的窗子正面对未名湖畔的宝塔。一抬头，就能看到高耸的塔尖直刺蔚蓝的天空。层楼栉比，绿树历历，这一切都是活生生的现实，一睁眼，就明明白白能够看到，哪里还用去回忆呢？

然而，世事多变。正如世界上没有一条完全平坦笔直的道路一样，我脚下的道路也不可能是完全平坦笔直的。在魍魉现形、天日重明之后，新生的魑魅魍魉仍然可能出现。我在美丽的燕园中，同一些正直善良的人在一起，又经历了一场群魔乱舞、黑云压城的特大暴风骤雨。这在中国人民的历史上是空前的（我但愿它也能绝后）！我同一些善良正直的人被关了起来，一关就是八九个月。但是，终于又像凤凰涅槃一般，活了下来。遗憾的是，燕园中许多美好的东西遭到了破坏。许多楼房外面墙上的爬山虎，那些有一二百年寿命的丁香花、在北京城颇有一点名气的西府海棠、繁荣茂盛了三四百年的藤萝，都坚决、彻底、干净、全部地被消灭了。为什么世间一些美好的花草树木成了十恶不赦的罪犯呢？我百思不得其解。

我自己总算侥幸活了下来。但是，这一些为人们所深深喜爱的花草树木，却再也不能见到了。如果它们也有灵魂的话（我希望它们有！），这灵魂也决不会离开美丽的燕园。月白风清之夜，它们也会流连于未名湖畔湖光塔影中吧！如果它们能回忆的话，它们回忆的丝缕也会挂在未名湖上吧！可惜我不是活神仙，起死无方，回生乏术。它们消逝了，永远消逝了。这里用得上一句旧剧的戏词："要相会，除非是梦里团圆。"

到了今天，这场噩梦早已逍逝得无影无踪。我又经历了一次魑魅现形、天日重明的局面。我上面说到，将近四十年来，我一直住在燕园中、未名湖畔，我那记忆的丝缕用不着再挂在未名湖上。然而，那些被铲除的可爱的花草时来入梦。我那些本来应该投闲置散的回忆的丝缕又派上了用场。它挂在苍翠繁茂的爬山虎上，芳香四溢的丁香花上，红绿皆肥的西府海棠上，葳蕤茂密的藤萝花上。这样一来，我就同那些离开母校的校友一样，也梦萦未名湖了。

尽管我们目前还有这样那样的困难，但是我们未来的道路将会越走越宽广。我们今天回忆过去，决不仅仅是发思古之幽情。我们回忆过去是为了未来。愿普天之下的北大校友：国内的、海外的、男的、女的、老的、少的，什么时候也不要割断你们对母校的回忆的丝缕,愿你们永远梦萦未名湖,愿我们大家在十年以后都来庆祝母校的百岁华诞。"但愿人长久,千里共婵娟!"

1988 年 1 月 3 日

北京忆旧

我不是北京人,但是先后在北京住了四十六年之久,算得上一个老北京了。讲到回忆北京旧事,我自觉是颇有一些资格的。

可是,回忆并不总是愉快的。俗话说:"一部二十四史,不知从何处说起。"我遇到的也是这个困难,不是无可回忆,而是要回忆的东西实在太多了。一想到四十六年的北京生活,脑海里就像开了幻灯铺,一幕一幕,倏忽而过。论建筑则有楼台殿阁,佛寺尼庵,阳关大道,独木小桥,无穷无尽的影像。论人物则有男女老幼,国内国外,黑眼黑发,碧眼黄发,无穷无尽的面影。再加上自然风光,春花秋月,夏雨冬雪,延庆密林,西山红叶,混搅成一团,简直像是七宝楼台,海市蜃楼,五光十色,迷离模糊。到了此时,我自己几乎不知置身何地了。

现在先从小事回忆起吧。

我想回忆一下中关村电子一条街。

在我居京的四十六年中,有四十年我住在清华园和燕园,都同今天的电子一条街是近邻。自从我国政府决定在海淀区成立一种经济特区以来,电子一条街就名扬四海。今天,在这里,几乎日夜车水马龙,熙熙攘攘,街两旁店铺鳞次栉比,如雨后春笋,经营的几乎都是先进技术。敏感之士已经感到,将来仅有的几家不是经营先进技术的铺子,比如说饭馆、服装店之类,将会逐渐被挤走,而代之以有能力付特高租金的店铺,将来在海淀区吃饭穿衣都要遇到困难了。我佩服这些人的先见之明。我这个人虽然也还算敏感,但还没有达到这样高的水平,我还没有这样的杞忧。我只是有时候回忆起几十年前的这个地方,心中憬然若有所悟。可惜今天有我这种感觉的人恐怕很少很少了。今天的青年,甚至中年,看到的只是眼前的繁华景象,他们想的是跃跃欲试,逐鹿于电子战场,成为胜利者,手挥微机,头戴桂冠。至于此地过去如何,确实与他们无关,何必去伤这一份脑筋呢?

我生也早,现在已近耄耋之年。早生有早生的好处,但也有早生的包袱。我现在背的就是这样的包袱。我看电子一条街,同中青年们不完全一样。我既看到现在热闹的一面,又看到过去与热闹截然相反的一面。有时候这两面在我眼前重叠起来,我很自然地就起流光如驶之感,不禁大为慨叹。这种慨叹有什么用处吗?我说不出,看来恐怕不会有多大用处。明知没有多大用处,又何苦去回忆呢?我是身不由己,无能为力。既然生早了,亲眼看到这个地方原先的情况,就无法抑制自己不去回忆。这就是我现在的包袱。

将近六十年前,当我住在清华园读书的时候,晚饭之后,有时候偕一两好友漫步出校南门,边走边谈,忘路之远近,间或走得颇远。留给我印象最深的是在深秋时分,我们往往走到一处人迹罕至的地方,衰草荒烟,景象萧森,举目四望,不见人家,但见野坟数堆,暮鸦几点,上下相映,益增荒寒,回望西天,残阳如血,余晖闪熠在枯草叶上。此时我感到鬼气森森,赶快收住脚步,转身回到清华园,仿佛又回到了人间。

计算地望,我当年到的那个地方,应该就是今天的中关村、电子一条街一带。这一点我认为是可以肯定的。我离开清华以后,再也没有到这里来过。1946年回到北京,也没有来过。1952年从城里搬到燕园,时过境迁,我对这个地方早已忘得干干净净了。我在蓝旗营一公寓住了十年。

初来时，门前的马路还没有。现在电子一条街修马路更在以后。这里修马路时，我当时的想法是，修这样宽的马路干吗呀！到了今天，马路扩展了一倍，仍然时有堵塞。仅仅三十几年，这里的变化竟如此巨大，我们的脑筋跟上时代的步伐竟如此困难。古人说沧海桑田，确有其事；论到速度，又是今非昔比了。

我从前读杨衒之《洛阳伽蓝记》、唐段成式《寺塔记》、刘肃《大唐新语》等等书籍，常做遐想。书中描绘洛阳、长安等城市升沉衍变的情况，作者一腔思古之幽情，流露于楮墨之间，读来异常亲切感人。我原以为这是古人的事，于今渺矣茫矣。但是，现在看来，我自己亲身经历的类似电子一条街这样的变迁，岂非同古人一模一样吗？唯一的区别只在于，我只经历了六七十年，而古人经历的比较长而已。六七十年在人类历史上不能算太长；但也不能说太短，中国历史上有一些朝代也不过如此。我个人的经历应该算得上一部短短的历史了。

人是非常容易怀旧的，怀旧往往能带来某一种愉快。但是，到了我这样的年龄，我看到的经历过的已经太多太多了，"悲欢离合总无情"，有时候我连怀旧都有点懒怠了。今天写这一篇短文，一非想怀旧，二非想思古。不过偶尔想到，觉得别人未必知道，所以就写了下来。这绝不会影响电子一条街的人士发财致富，也不会帮助他们财运亨通。当他们饱饮可口可乐之余，对他们来说，这样琐细的回忆足资谈助而已。

1988 年 6 月 11 日

梦萦水木清华

离开清华园已经五十多年了,但是我经常想到她。我无论如何也忘不掉清华的四年学习生活。如果没有清华母亲的哺育,我大概会是一事无成的。

在三十年代初期,清华和北大的门坎是异常高的。往往有几千学生报名投考,而被录取的还不到十分甚至二十分之一。因此,清华学生的素质是相当高的,而考上清华,多少都有点自豪感。

我当时是极少数的幸运儿之一,北大和清华我都考取了。经过了一番艰苦的思考,我决定入清华。原因也并不复杂,据说清华出国留学方便些。我以后没有后悔。清华和北大各有其优点,清华强调计划培养,严格训练;北大强调兼容并包，自由发展。各极其妙，不可偏执。

在校风方面，两校也各有其特点。清华校风我想以八个字来概括：清新、活泼、民主、向上。我只举几个小例子。新生入学，第一关就是"拖尸"，这是英文字 toss 的音译。意思是，新生在报到前必须先到体育馆，旧生好事者列队在那里对新生进行"拖尸"。办法是，几个彪形大汉把新生的两手、两脚抓住，举了起来，在空中摇晃几次，然后抛到垫子上，这就算是完成了手续，颇有点像《水浒传》上提到的杀威棍。墙上贴着大字标语："反抗者入水！"游泳池的门确实在敞开着。我因为有同乡大学篮球队长许振德保驾，没有被"拖尸"。至今回想起来，颇以为憾：这个终生难遇的机会被轻轻放过，以后想补课也不行了。

这个从美国输入的"舶来品"，是不是表示旧生"虐待"新生呢？我不认为是这样。我觉得，这里面并无一点敌意，只不过是对新伙伴开一点玩笑，其实是充满了友情的。这种表示友情的美国方式，也许有人看不惯，觉得洋里洋气的。我的看法正相反。我上面说到清华校风清新和活泼，就是指的这种"拖尸"还有其他一些行动。

我为什么说清华校风民主呢？我也举一个小例子。当时教授与学生之间有一条鸿沟，不可逾越。教授每月薪金高达三四百元大洋，可以购买面粉二百多袋，鸡蛋三四万个。他们的社会地位极高，往往目空一切，自视高人一等。学生接近他们比较困难。但这并不妨碍学生开教授的玩笑。开玩笑几乎都在《清华周刊》上。这是一份由学生主编的刊物，文章生动活泼，而且图文并茂。现在著名的戏剧家孙浩然同志，就常用"古巴"的笔名在《周刊》上发表漫画。有一天，俞平伯先生忽然大发豪兴，把脑袋剃了个净光，大摇大摆，走上讲台，全堂为之愕然。几天以后，《周刊》上就登出了文章，讽刺俞先生要出家当和尚。

第二件事情是针对吴雨僧（宓）先生的。他正教我们"中西诗之比较"这一门课。在课堂上，他把自己的新作十二首《空轩》诗印发给学生。这十二首诗当然意有所指，究竟指的是什么？我们说不清楚。反正当时他正在多方面地谈恋爱，这些诗可能与此有关。他热爱毛彦文是众所周知的。他的诗句："吴宓苦爱（毛彦文），三洲人士共惊闻"，是夫子自道。《空轩》诗发下来不久，校刊上就刊出了一首七律今译，我只记得前一半：

一见亚北貌似花，
顺着秋秸往上爬。

单独进攻忽失利，

跟踪盯梢也挨刷。

最后一句是："椎心泣血叫妈妈。"诗中的人物呼之欲出，熟悉清华今典的人都知道是谁。

学生同俞先生和吴先生开这样的玩笑，学生觉得好玩，威严方正的教授也不以为忤。这种气氛我觉得很和谐有趣。你能说这不民主吗？这样的琐事我还能回忆起一些来，现在不再啰唆了。

清华学生一般都非常用功，但同时又勤于锻炼身体。每天下午四点以后，图书馆中几乎空无一人，而体育馆内则是人山人海，著名的"斗牛"正在热烈进行。操场上也挤满了跑步、踢球、打球的人。到了晚饭以后，图书馆里又是灯火通明，人人伏案苦读了。

根据上面谈到的各方面的情况，我把清华校风归纳为八个字：清新、活泼、民主、向上。

我在这样的环境中生活、学习了整整四个年头，其影响当然是非同小可的。至于清华园的景色，更是有口皆碑，而且四时不同：春则繁花烂漫，夏则藤影荷声，秋则枫叶似火，冬则白雪苍松。其他如西山紫气，荷塘月色，也令人忆念难忘。

现在母校八十周年了。我可以说是与校同寿。我为母校祝寿,也为自己祝寿。我对清华母亲依恋之情,弥老弥浓。我祝她长命千岁,千岁以上。我祝自己长命百岁,百岁以上。我希望在清华母亲百岁华诞之日,我自己能参加庆祝。

1988 年 7 月 22 日

我和北大图书馆

我对北大图书馆有一种特殊的感情,这种感情潜伏在我的内心深处,我从来没有明确地意识到过。最近图书馆的领导同志要我写一篇讲图书馆的文章,我连考虑都没有,立即一口答应。但我立刻感到有点吃惊。我现在事情还是非常多的,抽点时间,并非易事。为什么竟立即答应下来了呢?如果不是心中早就蕴藏着这样一种感情的话,能出现这种情况吗?

山有根,水有源,我这种感情的根源由来已久了。

1946年,我从欧洲回国。去国将近十一年,在落叶满长安(长安街也)的深秋季节,又回到了北京,在北大工作,内心感情的波动是难以形容的。既兴奋,又寂寞;既愉快,又惆怅。然而我立刻就到了一个可以安身立命的地方,这就是北大图书馆。当时我单身住在红楼，我的办公室（东语系办公室）是在灰楼。图书馆就介乎其中。承当时图书馆的领导特别垂青，在图书馆里给了我一间研究室，在楼下左侧。窗外是到灰楼去的必由之路。经常有人走过，不能说是很清静。但是在图书馆这一面，却是清静异常。我的研究室左右，也都是教授研究室，当然室各有主，但是颇少见人来。所以走廊里静如古寺，真是念书写作的好地方。我能在奔波数万里扰攘十几年，有时梦想得到一张一尺见方的书桌而渺不可得的情况下，居然有了一间窗明几净的研究室，简直如坐天堂，如享天福了。当时我真想咬一下自己的手，看一看自己是不是做梦。

  研究室的真正要害还不在窗明几净——当然，这也是必要的——，而在有没有足够的书。在这一点上，我也得到了意外的满足。图书馆的领导允许我从书库里提一部分必要的书，放在我的研究室里，供随时查用。我当时是东语系的主任，虽然系非常小，没有多少学生；但是，麻雀虽小，五脏俱全，仍然有一些会要开，一些公要办，所以也并不太闲。可是我一有机会，就遁入我的研究室去，"躲进小楼成一统"，这地方是我的天下。我一进屋，就能进入角色，潜心默读，坐拥书城，其乐实在是不足为外人道也。我回国以后，由于资料缺乏,在国外时的研究工作,无法进行,只能有多大碗,吃多少饭,找一些可以发挥自己的长处而又有利于国计民生的题目,来进行研究。北大图书馆藏书甲全国大学。我需要的资料基本上能找得到。因此还能够写出一些东西来。如果换一个地方,我必如车辙中的鲋鱼那样,什么书也看不到,什么文章也写不出,不但学业上不能进步,长此以往,必将索我于鲍鱼之肆了。

作为全国最高学府的北京大学,我们有悠久的爱国主义的革命历史传统,有实事求是的学术传统,这些都是难能可贵的。但是,我认为,一个第一流的大学,必须有第一流的设备、第一流的图书、第一流的教师、第一流的学者和第一流的管理。五个第一流,缺一不可。我们北大可以说是具备这五个第一流的。因此,我们有充分的基础,可以来弘扬祖国的优秀文化,为我国四化建设培养德才兼备的人才,对外为祖国争光,对内为人民立功,仰不愧于天,俯不怍于地,充满信心地走向光辉的未来。在这五个第一流中,第一流的图书更显得特别突出。北大图书馆是全国大学图书馆的翘楚。这是世人之公言,非我一个之私言。我们为此应该感到骄傲,感到幸福。

但是,我们全校师生员工却不能躺在这个骄傲上、这个幸福上睡大觉。我们必须努力学习，努力工作，像爱护自己的眼球一样，爱护北大，爱护北大的一草一木、一山一石，爱护我们的图书馆。我们图书馆的藏书盈架充栋，然而我们应该知道，一部一册来之不易，一页一张得之维艰。我们全体北大人必须十分珍惜爱护。这样我们的图书馆才能有长久的生命，我们的骄傲与幸福才有坚实的基础。愿与全校同人共勉之。

1991 年 11 月 6 日

我爱北京的小胡同

我爱北京的小胡同,北京的小胡同也爱我,我们已经结下了永恒的缘分。

六十多年前,我到北京来考大学,就下榻于西单大木仓里面一条小胡同中的一个小公寓里。白天忙于到沙滩北大三院去应试。北大与清华各考三天,考得我焦头烂额,精疲力尽;夜里回到公寓小屋中,还要忍受臭虫的围攻,特别可怕的是那些臭虫的空降部队,防不胜防。

但是,我们这一帮山东来的学生仍然能够苦中作乐。在黄昏时分,总要到西单一带去逛街。街灯并不辉煌,"无风三尺土,有雨一街泥",也会令人不快。我们却甘之若饴。耳听铿锵清脆、悠扬有致的京腔,如闻仙乐。此时鼻管里会蓦地涌入一股幽香，是从路旁小花摊上的栀子花和茉莉花那里散发出来的。回到公寓，又能听到小胡同中的叫卖声："驴肉！驴肉！""王致和的臭豆腐！"其声悠扬、深邃，还含有一点凄清之意。这声音把我送入梦中，送到与臭虫搏斗的战场上。

将近五十年前，我在欧洲待了十年多以后，又回到了故都。这一次是住在东城的一条小胡同里：翠花胡同，与南面的东厂胡同为邻。我住的地方后门在翠花胡同，前门则在东厂胡同，据说就是明朝的特务机关东厂所在地，是折磨、囚禁、拷打、杀害所谓"犯人"的地方，冤死之人极多，他们的鬼魂据说常出来显灵。我是不相信什么鬼怪的，我感兴趣的不是什么鬼怪显灵，而是这一所大房子本身。它地跨两个胡同，其大可知。里面重楼复阁，回廊盘曲，院落错落，花园重叠，一个陌生人走进去，必然是如入迷宫，不辨东西。

然而，这样复杂的内容，无论是从前面的东厂胡同，还是从后面的翠花胡同，都是看不出来的。外面十分简单，里面十分复杂；外面十分平凡，里面十分神奇。这是北京许多小胡同共有的特点。

据说当年黎元洪大总统在这里住过。我住在这里的时候，北大校长胡适住在黎住过的房子中。我住的地方仅仅是这个大院子中的一个旮旯，在西北角上。但是这个旮旯也并不小，是一个三进的院子，我第一次体会到"庭院深深深几许"的意境。我住在最深一层院子的东房中，院子里摆满了汉代的砖棺。这里本来就是北京的一所"凶宅"，再加上这些棺材，黄昏时分，总会让人感觉到鬼影憧憧，毛骨悚然。所以很少有人敢在晚上来拜访我。我每日"与鬼为邻"，倒也过得很安静。

第二进院子里有很多树木，我最初没有注意是什么树。有一个夏日的晚上，刚下过一阵雨，我走在树下，忽然闻到一股幽香。原来这些是马缨花树，现在树上正开着繁花，幽香就是从这里散发出来的。

这一下子让我回忆起十几年前西单的栀子花和茉莉花的香气。当时我是一个十九岁的大孩子，现在成了中年人。相距将近二十年的两个我，忽然融合到一起来了。

不管是六十多年，还是五十年，都成为过去了。现在北京的面貌天天在改变，层楼摩天，国道宽敞。然而那些可爱的小胡同，却日渐消逝，被摩天大楼吞噬掉了。看来在现实中小胡同的命运和地位都要日趋消沉，这是不可抗御的，也不一定就算是坏事。可是我仍然执着地关心我的小胡同。就让它们在我的心中占一个地位吧，永远，永远。

我爱北京的小胡同，北京的小胡同也爱我。

1993 年 10 月 25 日

温馨的回忆

一想到清华图书馆,一股温馨的暖流便立即油然涌上心头。

在清华园念过书的人,谁也不会忘记两馆:一个是体育馆,一个就是图书馆。

专就图书馆而论,在当时一直到今天,它在中国大学中绝对是一流的。光是那一座楼房建筑,就能令人神往。淡红色的墙上,高大的玻璃窗上,爬满了绿叶葳蕤的爬山虎。解放后,曾加以扩建,建筑面积增加了很多;但是整个建筑的庄重典雅的色调,一点也没有遭到破坏。与前面的雄伟的古希腊建筑风格的大礼堂,形成了双峰并峙的局面,一点也不显得有任何逊色。

至于馆内藏书之多，插架之丰富，更是闻名遐迩。不但能为本校师生服务，而且还能为外校，甚至外国的学者提供稀有的资料。根据我的回忆，馆员人数并不多，但是效率极高，而且极有礼貌，有问必答，借书也非常方便。当时清华学生宿舍是相当宽敞的，一间屋住两人，每人一张书桌，在屋里读书也是很惬意的。但是，我们还是愿意到图书馆去，那里更安静，而且参考书极为齐全。书香飘满了整个阅览大厅，每个人说话走路都是静悄悄的。人一走进去，立即为书香所迷，进入角色。

我在校时，有一位馆员毕树棠老先生，胸罗万卷，对馆内藏书极为熟悉，听他娓娓道来，如数家珍。学生们乐意同他谈天，看样子他也乐意同青年们侃大山，是一个极受尊敬和欢迎的人。1946年，我出国十多年以后，又回到北京，是在北京大学工作。我打听清华的人，据说毕老先生还健在，我十分兴奋，几次想到清华园去会一会老友，但都因事未果。后来听说他已故去，痛失同这位鲁殿灵光见面的机会，抱恨终天了。

书籍是人类文化和智慧的最重要的载体。世界各国、各地，只要有文字有书籍的地方，书籍就必然承担起这个十分重要的责任。没有书籍，人类文化的发展，人类社会的进步，就会受到极大的影响，遇到极大的障碍，延缓前进的步伐。而图书馆就是储存这些重要载体的地方。在人类历史上，世界上各个国家，中国的各个朝代，几乎都有类似今天图书馆的设备。这是人类文化之所以能够代代传承下来的重要原因，我们对图书馆必须给予最高的赞扬。

清华大学，包括留美预备学堂和国学研究院在内，建校八十来年以来，颇出了一些卓有建树、蜚声士林的学者和作家。其中原因很多，但是校歌中说的"西山苍苍，东海茫茫；吾校庄严，巍然中央"，这是形象的说法，说得很玄远，其意不过是说清华园有灵气。园中的水木清华、荷塘月色等等，都是灵气之所钟。在这样有灵气的地方，又有全国一流的学生，有一些全国一流的教授，再加上有这样一个图书馆，焉得不培养出一些优秀人才呢！

我一想到清华图书馆，就有一种温馨的回忆，我永远不会忘记清华图书馆。

1999年6月15日于香山饭店

02 灵魂契合的人，相逢即永恒

塔什干的一个男孩子

塔什干毕竟是一个好地方。按时令来说，当我们到了这里的时候，已经是秋天，淡红淡黄斑驳陆离的色彩早已涂满了祖国北方的山林；然而这里还到处盛开着玫瑰花，而且还不是一般的玫瑰花——有的枝干高得像小树，花朵大得像芍药、牡丹。

我就在这样的玫瑰花丛旁边认识了一个男孩子。

我们从城外的别墅来到市内，最初并没有注意到这一个小男孩。在一个很大的广场里，一边是纳瓦依大剧院，一边是为了招待参加亚非作家会议各国代表而新建的富有民族风味的塔什干旅馆，热情的塔什干人民在这里聚集成堆，男女老少都有。在这样一堆堆的人群里，一个普普通通的小孩子怎么能引起我们的注意呢？

但是，正当我们站在汽车旁边东张西望的时候，忽然听到细声细气的儿童的声音，说的是一句英语："您会说英国话吗？"我低头一看，才看到一个十二三岁的小男孩。他穿了一件又灰又黄带着条纹的上衣，头发金黄色，脸上稀稀落落有几点雀斑，两只蓝色的大眼睛一闪忽一闪忽的。

这个小孩子实在很可爱，看样子很天真，但又似乎懂得很多的东西。虽然是个男孩，却又有点像女孩，羞羞答答，欲进又退，欲说又止。

我就跟他闲谈起来。他只能说极简单的几句英语，但是也能把自己的意思表达出来。他告诉我，他的英文是在当地的小学里学的，才学了不久。他有一个通信的中国小朋友，是在广州。他的中国小朋友曾寄给他一个什么纪念章，现在就挂在他的内衣上。说着他就把上衣掀了一下。我看到他内衣上的确别着一个圆圆的东西。但是，还没有等我看仔细，他已经把上衣放下来了。仿佛那一个圆圆的东西是一个无价之宝，多看上两眼，就能看掉一块似的。我可以很清楚地看到，这一个看来极其平常的中国徽章在他的心灵里占着多么重要的地位；也可以看到，中国和他的那一个中国小朋友，在他的心灵里占着多么重要的地位。

我同这一个塔什干的男孩子第一次见面,从头到尾,总共不到五分钟。

跟着来的是极其紧张的日子。

在白天,上午和下午都在纳瓦依大剧院里开会。代表们用各种不同的语言发言,愤怒控诉殖民主义的罪恶。我的感情也随着他们的感情而激动,而昂扬。

一天下午,我们正走出塔什干旅馆,准备到对面的纳瓦依大剧院里去开会。同往常一样,热情好客的塔什干人民,又拥挤在这一个大广场里,手里拿着笔记本,或者只是几张白纸,请各国代表签名。他们排成两列纵队,从塔什干旅馆起,几乎一直接到纳瓦依大剧院,说说笑笑,像过年过节一样。整个广场成了一个欢乐的海洋。

我陷入夹道的人堆里,加快脚步,想赶快冲出重围。

但是,冷不防,有什么人从人丛里冲了出来,一下子就把我抱住了。我吃了一惊,定神一看,眼前站着的就是那一个我几乎已经完全忘记了的小男孩。

也许上次几分钟的见面就足以使得他把我看作熟人。总之,他那种胆怯羞涩的神情现在完全没有了。他拉住我的两只手,满脸都是笑容,仿佛遇到了一个多年未见十分想念的朋友或亲人。

我对这一次的不期而遇也十分高兴。我在心里责备自己："这样一个小孩子我怎么竟会忘掉了呢？"但是，还有人等着我一块儿走，我没有法子跟他多说话，在又惊又喜的情况下，一时也想不起说什么话好。他告诉我："后天，塔什干的红领巾要到大会上去献花，我也参加。"我就对他说："那好极了。我们在那里见面吧！"

我倒是真想在那一天看到他的。第二次的见面，时间比第一次还要短，只有两三分钟。但是我却真正爱上了这一个热爱中国热爱中国人民的小孩子。我心里想：第一次见面是不期而遇，我没有能够带给他什么东西当作纪念品。第二次见面又是不期而遇，我又没有能够带给他什么东西当作纪念品。我心里十分不安，仿佛缺少了什么东西，有点惭愧的感觉。

跟着来的仍然是极其紧张的日子。

大会开到了高潮，事情就更多了。但是，我同那个小孩子这一次见面以后，我的心情同第一次见面后完全不同了。不管我是多么忙，也不管我在什么地方，我的思想里总常常有这个小孩子的影子。它几乎霸占住我整个的心。我把所有的希望都寄托在他要到大会上去献花的那一天上。

那一天终于来到了。气氛本来就非常热烈的大会会场，现在更热烈了。成千成百的男女红领巾分三路拥进会场的时候，全场响起了雷鸣般的掌声。一队红领巾走上主席台给主席团献花。这一队红领巾里面，男孩女孩都有。最小的也不过五六岁，还没有主席台上的桌子高；但也站在那里，很庄严地朗诵诗歌；头上缠着的红绿绸子的蝴蝶结在轻轻地摆动着。主席台上坐着来自三四十个国家的代表团的团长，他们的语言不同，皮肤颜色不同，宗教信仰不同，社会制度不同；但是现在都一齐站起来，同小孩子握手拥抱，有的把小孩子高高地举起来，或者紧紧地抱在怀里。对全世界来说，这是一个极有意义的象征，它象征着全世界爱好和平的人们的大团结。我注意到有许多代表感动得眼里含着泪花。

我也非常感动。但是我心里还记挂着一件事情：我要发现那一个塔什干的男孩。我特意带来了一张丝织的毛主席像，想送给他，好让他大大地高兴一次。我到处找他，挨个看过去，看了一遍又一遍。这些男孩的衣服都一样；女孩子穿着短裙子，男女小孩还可以分辨出来；但是，如果想在男小孩中间分辨出哪个是哪个，那就十分困难了。我看来看去，眼睛都看花了。我眼前仿佛成了一片红领巾和红绿蝴蝶结的海洋，我只觉得五彩缤纷，绚丽夺目。可是要想在这一片海洋里捞什么东西，却毫无希望了。一直等到这一大群孩子排着队退出会场,那一张有着金黄色的头发、上面长着两只圆而大的眼睛和稀稀落落的雀斑的脸,却无论如何也没有找到。

我真是从内心深处感到失望。但我却是一点办法都没有。只怪我自己疏忽大意,既没有打听那一个男孩的名字,也没有打听他的住处、他的学校和班级。当我们第二次见面,他告诉我要来献花的时候,我丝毫也没有想到,我们竟会见不到面。现在想打听,也无从打听起了。

会议眼看就要结束了。一结束,我们就要离开这里。我一想到这一点,心里就焦急不堪。但是我也并没有完全放弃希望。每一次走过广场的时候,我都特别注意向四下里看,我暗暗地想:也许会像我们第二次见面那样,那个男孩子会蓦地从人丛中跳出来,两只手抱住我的腰。

但结果却仍然是失望。

会议终于结束了。第二天我们就要暂时离开这里,到哈萨克加盟共和国的首都阿拉木图去做五天的访问。在这一天的黄昏,我特意到广场上去散步,目的就是寻找那一个男孩子。

我走到一个书亭附近去,看到台子上摆满了书。亚非各国作家作品的俄文和乌兹别克文译本特别多,特别引人注目。有许多人挤在那里买书。我在那里站了一会儿,想在拥挤的人堆里发现那个男孩子。

我走到大喷水池旁。这是一个大而圆的池子,中间竖着一排喷水的石柱。这时候,所有的喷水管都一齐开放,水像发怒似的往外喷,一直喷到两三丈高,然后再落下来,落到墨绿的水池子里去。喷水柱里面装着红绿电灯,灯光从白练似的水流里面透了出来,红红绿绿,变幻不定,活像天空里的彩虹。水花溅在黑色的水面上,翻涌起一颗颗的珍珠。

我喜欢这一个喷水池,我在这里站了很久。但是我却无心欣赏这些红红绿绿的彩虹和一颗颗的白色珍珠;我是希望能够在这里找到那一个小孩子的。

我走到广场两旁的玫瑰花丛里去,这也是我特别喜欢的地方。这里的玫瑰花又高又大又多,简直数不清有多少棵。人走进去,就仿佛走进了一片矮小的树林子。在黄昏的微光中,碗口大的花朵颜色有点暗淡了,分不清哪一朵是黄的,哪一朵是红的,哪一朵又是红里透紫的。但是,芬芳的香气却比白天阳光普照下还要浓烈。我绕着玫瑰花丛走了几周,不管玫瑰花的香气是多么浓烈,我却仍然是醉翁之意不在酒,我是来寻找那一个男孩子的。

我当时就想到,我这种做法实在很可笑,哪里就会那样凑巧呢?但是我又不愿意承认我这种举动毫无意义。天底下凑巧的事情不是很多很多的吗？我为什么就一定遇不到这样的事情呢？我决不放弃这万一的希望。

但是，结果并不像想象的那样，我到处找来找去，终于怀着一颗失望的心走回旅馆去。

第二天，天还没有明，我们就乘飞机到阿拉木图去了。在这个美丽的山城里访问了五天之后，又在一天的下午飞回塔什干来。

我们这一次回来，只能算是过路，第二天天一亮，我们就要离开这里了。这一次离开同上一次不一样，这是真正的离开。

这一次我心里真正有点急了。

吃过晚饭，我又走到广场上去。我走近书亭，上面写着人名书名的木牌还立在那里。我走过喷水池，白练似的流水照旧泛出了红红绿绿的光彩。我走过玫瑰花丛，玫瑰在寂寞地散放着浓烈的香气。我到处徘徊流连，我是怀着满腔依依难舍的心情，到这里来同塔什干和塔什干人民告别的。

实在出我意料，当我走回旅馆的时候，我从远处看到旅馆门口有几个小男孩挤在那里，向里面探头探脑。我刚走上台阶，一个小孩子一转身，突然扑到我的身边来：这正是我已经寻找了许久而没有找到的那一个男孩。这一次的见面带给他的喜悦，不但远非第一次见面时的喜悦可比，也决非第二次见面时他的喜悦可比。他紧紧地抓住我的双手，双脚都在跳；松了我的手，又抱住我的腰，脸上兴奋得一片红，连气都喘不上来了。

他断断续续地告诉我，他是来找我的，过去五天，他天天都来。

"你怎么知道我还在这里呢？"

"我猜您还在这里。"

"别的代表都已经走了，你这猜想未免太大胆了。"

"一点也不大胆，我现在不是找到您了吗？"

我大笑起来，不得不承认他是对的。

这是一次在濒于绝望中的意外的会见。中国旧小说里有两句话："踏破铁鞋无觅处，得来全不费功夫。"并不能写出我当时的全部心情。"蓦然回头，那人却在灯火阑珊处"，也只能描绘出我的心情的一小部分。我从来不相信世界上会有什么奇迹；现在我却感觉到，世界上毕竟是有奇迹的，虽然我对这一个名词的理解同许多人都不一样。

我当时十分兴奋，甚至有点慌张。我说了声："你在这里等我，不要走！"就跑进旅馆，连电梯也来不及上，飞快地爬上五层楼，把我早已经准备好了的礼物拿下来，又跑到餐厅里找中国同志要毛主席纪念章，然后匆匆忙忙地跑出去。我送给那一个男孩子一张织着天安门的杭州织锦和一枚毛主席像的纪念章，我亲手给他别在衣襟上。同他在一块儿的三四个男孩子，我也在每个人的衣襟上别了一枚毛主席像的纪念章。这一些孩子简直像一群小老虎，一下子扑到我身上来，搂住我的脖子，在我脸上使劲地亲吻。在惊惶失措中，我清清楚楚地听到清脆的吻声。

我现在再不能放过机会了，我要问一下他的姓名和住址。他就在我的笔记本上写了：谢尼亚·黎维斯坦。我们认识了也好多天了。在这临别的一刹那，我才知道了他的名字。我叫了他一声："谢尼亚！"心里有说不出的感觉。只写了姓名和地址，他似乎还不满意，他又在后面加上了几句话：

　　我永远也不会忘记您，亲爱的季羡林！希望您以后再回到塔什干来。再见吧，从遥远的中国来的朋友！

谢尼亚

有人在里面喊我，我不得不同谢尼亚和他的小朋友们告别了。

因为过于兴奋，过于高兴，我在塔什干最后的一夜又是一个失眠之夜。我翻来覆去地想到这一次奇迹似的会见。这一次会见虽然时间仍然不长,但是却很有意义。在我这方面,我得到机会问清楚这个小孩子的姓名和地址,以便以后联系;不然的话,他就像是一滴雨水落在大海里,我永远不会再找到他了。在小孩子方面,他找到了我,在他那充满了对中国的热爱的小小的心灵里,也不会永远感到缺了什么东西。这十几分钟会见的意义是无法用言语表达的。

  想来想去,无论如何再也睡不着。我站起来,拉开窗幔:对面纳瓦依大剧院的霓虹灯还在闪闪发光。广场上只有稀稀落落的几个人影。那一<u>丛丛</u>的玫瑰花的确是看不清楚了;但是,根据方向,我依然能够知道它们在什么地方;我也知道,在黑暗中,它们仍然在散发着芬芳浓烈的香气。

1961 年 7 月 5 日

一双长满老茧的手

有谁没有手呢？每个人都有两只手。手，已经平凡到让人不再常常感觉到它的存在了。

然而，一天黄昏，当我乘公共汽车从城里回家的时候，一双长满了老茧的手却强烈地引起了我的注意。我最初只是坐在那里，看着一张晚报。在有意无意之间，我的眼光偶尔一滑，正巧落在一位老妇人的一双长满老茧的手上。我的心立刻震动了一下，眼光不由地就顺着这双手向上看去：先看到两手之间的一个胀得圆圆的布包；然后看到一件洗得挺干净的褪了色的蓝布褂子；再往上是一张饱经风霜布满了皱纹的脸，长着一双和善慈祥的眼睛；最后是包在头上的白手巾，银丝般的白发从里面披散下来。这一切都给了我极好的印象。

但给我印象最深的还是那一双长满了老茧的手,它像吸铁石一般吸住了我的眼光。

老妇人正在同一位青年学生谈话,她谈到她是从乡下来看她在北京读书的儿子的,谈到乡下年成的好坏,谈到来到这里人生地疏,感谢青年对她的帮助。听着她的话,我不由深深地陷入回忆中,几十年的往事蓦地涌上心头。

在故乡的初秋,秋庄稼早已经熟透了,一望无际的大平原上长满了谷子、高粱、老玉米、黄豆、绿豆等等,郁郁苍苍,一片绿色,里面点缀着一片片的金黄和星星点点的浅红和深红。虽然暑热还没有退尽,秋的气息已经弥漫大地了。

我当时只有五六岁,高粱比我的身子高一倍还多。我走进高粱地,就像是走进大森林,只能从密叶的间隙看到上面的蓝天。我天天早晨在朝露未退的时候到这里来掰高粱叶。叶子上的露水像一颗颗的珍珠,闪出淡白的光。把眼睛凑上去仔细看,竟能在里面看到自己的缩得像一粒芝麻那样小的面影,心里感到十分新鲜有趣。老玉米也比我高得多,必须踮起脚才能摘到棒子。谷子同我差不多高,现在都成熟了,风一吹,就涌起一片金浪。只有黄豆和绿豆比我矮,我走在里面,觉得很爽朗,一点也不闷气,颇有趾高气扬之概。

因此,我就最喜欢帮助大人在豆子地里干活。我当时除了跟大奶奶去玩以外，总是整天缠住母亲，她走到哪里，我跟到哪里。有时候，在做午饭以前，她到地里去摘绿豆荚，好把豆粒剥出来，拿回家去煮午饭。我也跟了来。这时候正接近中午，天高云淡，蝉声四起，蝈蝈儿也爬上高枝，纵声欢唱，空气中飘拂着一股淡淡的草香和泥土的香味。太阳晒到身上，虽然还有点热，但带给人暖烘烘的舒服的感觉，不像盛夏那样令人难以忍受了。

在这时候，我的兴致是十分高的。我跟在母亲身后，跑来跑去。捉到一只蚱蜢，要拿给她看一看；掐到一朵野花，也要拿给她看一看。棒子上长了乌霉，我觉得奇怪，一定问母亲为什么；有的豆荚生得短而粗，也要追问原因。总之，这一片豆子地就是我的乐园，我说话像百灵鸟，跑起来像羚羊，腿和嘴一刻也不停。干起活来，更是全神贯注，总想用最高的速度摘下最多的绿豆荚来。但是，一检查成绩，却未免令人气短：母亲的筐子里已经满了，而自己的呢，连一半还不到哩。在失望之余，就细心加以观察和研究。不久，我就发现，这里面也并没有什么奥妙，关键就在母亲那一双长满了老茧的手上。

这一双手看起来很粗，由于多年劳动，上面长满了老茧，可是摘起豆荚来，却显得十分灵巧迅速。这是我以前没有注意到的事情。在我小小的心灵里不禁有点困惑。我注视着它,久久不愿意把眼光移开。

我当时岁数还小,经历的事情不多。我还没能把许多同我的生活有密切联系的事情都同这一双手联系起来,譬如说做饭、洗衣服、打水、种菜、养猪、喂鸡,如此等等。我当然更没能读到"慈母手中线,游子身上衣"这样的诗句。但是,从那以后,这一双长满了老茧的手却在我的心里占据了一个重要的地位,留下了一个不可磨灭的印象。

后来大了几岁,我离开母亲,到了城里跟叔父去念书,代替母亲照顾我的生活的是王妈,她也是一位老人。

她原来也是乡下人,干了半辈子庄稼活。后来丈夫死了,儿子又逃荒到关外去,二十年来,音讯全无。她孤苦伶仃,一个人在乡里活不下去,只好到城里来谋生。我叔父就把她请到我们家里来帮忙。做饭、洗衣服、扫地、擦桌子,家里那一些琐琐碎碎的活全给她一个人包下来了。

王妈除了从早到晚干那一些刻板工作以外,每年还有一些带季节性的工作。每到夏末秋初,正当夜来香开花的时候,她就搓麻线,准备纳鞋底,给我们做鞋。干这活都是在晚上。这时候,大家都吃过了晚饭,坐在院子里乘凉,在星光下,黑暗中,随意说着闲话。我仰面躺在席子上,透过海棠树的杂乱枝叶的空隙，看到夜空里眨着眼的星星。大而圆的蜘蛛网的影子隐隐约约地印在灰暗的天幕上。不时有一颗流星在天空中飞过，拖着长长的火焰尾巴，只是那么一闪，就消逝到黑暗里去。一切都是这样静。在寂静中，夜来香正散发着浓烈的香气。

这正是王妈搓麻线的时候。干这个活本来是听不到多少声音的。然而现在那揉搓的声音却听得清清楚楚。这就不能不引起我的注意了。我转过身来，侧着身子躺在那里，借着从窗子里流出来的微弱的灯光，看着她搓。最令我吃惊的是她那一双手，上面也长满了老茧。这一双手看上去拙笨得很，十个指头又短又粗，像是一些老干树枝子。但是，在这时候，它却显得异常灵巧美丽。那些杂乱无章的麻在它的摆布下，服服帖帖，要长就长，要短就短，一点也不敢违抗。这使我感到十分有趣。这一双手左旋右转，只见它搓呀搓呀，一刻也不停，仿佛想把夜来香的香气也都搓进麻线里似的。

这样一双手我是熟悉的，它同母亲的那一双手是多么相像啊。我总想多看上几眼。看着看着，不知道在什么时候，竟沉沉睡去了。到了深夜，王妈就把我抱到屋里去，同她睡在一张床上。半夜醒来，还听到她手里拿着大芭蕉扇给我赶蚊子。在朦朦胧胧中，扇子的声音听起来好像是从很远很远的地方传来似的。

去年秋天,我随着学校里的一些同志到附近乡村里一个人民公社去参加劳动。同样是秋天,但是这秋天同我五六岁时在家乡摘绿豆荚时的秋天大不一样。天仿佛特别蓝,草和泥土也仿佛特别香,人的心情当然也就特别舒畅了。——因此,我们干活都特别带劲。人民公社的同志们知道我们这一群白面书生干不了什么重活,只让我们砍老玉米秸。但是,就算是砍老玉米秸吧,我们干起来,仍然是缩手缩脚,一点也不利落。于是一位老大娘就走上前来,热心地教我们:怎样抓玉米秆,怎样下刀砍。在这时候,我注意到,她也有一双长满了老茧的手。我虽然同她素昧平生,但是她这一双手就生动地具体地说明了她的历史。我用不着再探询她的姓名、身世,还有她现在在公社所担负的职务。我一看到这一双手,一想到母亲和王妈的同样的手,我对她的感情就油然而生,而且肃然起敬,再说什么别的话,似乎就是多余的了。

就这样,在公共汽车行驶声中,我的回忆围绕着一双长满了老茧的手联成一条线,从几十年前,一直牵到现在,集中到坐在我眼前的这一位老妇人的手上。这回忆像是一团丝,愈抽愈细,愈抽愈多。它甜蜜而痛苦,错乱而清晰。在我一生中给我印象最深的三双长满了老茧的手,现在似乎重叠起来化成一双手了。它在我眼前不停地晃动，体积愈来愈扩大，形象愈来愈清晰。

  这时候，老妇人同青年学生似乎发生了什么争执。我抬头一看：老妇人从包袱里掏出来了两个煮鸡蛋，硬往青年学生手里塞，青年学生无论如何也不接受。两个人你推我让，正在争执得不可开交的时候，公共汽车到了站，蓦地停住了。青年学生就扶了老妇人走下车去。我透过玻璃窗，看到青年学生用手扶着老妇人的一只胳臂，慢慢地向前走去。我久久注视着他俩逐渐消失的背影。我虽然仍坐在公共汽车上，但是我的心却仿佛离我而去。

1961 年 9 月 25 日

爽朗的笑声

据说，只有人是会笑的。我活在这个大地上几十年中，曾经笑过无数次，也曾看到别人笑过无数次。我从来没有琢磨过人会不会笑的问题，就好像太阳从东方出来，人们天天必须吃饭这样一些极其自然的、明明白白的、尽人皆知的、用不着去探讨的现象一样，无须再动脑筋去关心了。

然而，人是能够失掉笑的。

就连人能够失掉笑这个事实我以前也没有探讨过，不是用不着去探讨，而是没有想到去探讨，没有发现有探讨的必要；因为我从来还没有遇到过失掉了笑的人，没有想到过会有失掉了笑的人，好像没有遇到过鬼或者阴司地狱，没有想到过有鬼或者有阴司地狱那样。

人又怎能失掉笑呢？

我认识一位参加革命几十年的老干部。虽然他资格老，然而从来不摆老资格，不摆架子。我一向对老干部怀着说不出的、极其深厚的、出自内心的感情与敬佩。他们好像是我的一面镜子，可以照见自己的不足，激励自己前进。因此，我就很愿意接近他，愿意对他谈谈自己的思想。当然并不限于这些。我们有时简直是海阔天空，上下古今，文学艺术，哲学宗教，无所不谈。他给我留下了非常深刻的印象，特别是在闲谈时他的笑声更使我永生难忘。这不是会心的微笑，而是出自肺腑的爽朗的笑声。这笑声悠扬而清脆，温和而热情；它好像有极大的感染力，一听到它，顿觉满室生春，连一桌一椅都仿佛充满了生气，一花一草都仿佛洋溢出活力。有时候我甚至觉得这笑声冲破了高楼大厦，冲出了窗户和门，到处飘流回荡，响彻了整个燕园。

想当初当我听到这笑声的时候，我并没有觉得它怎样难能可贵，怎样不可缺少，就同日光空气一样，抬眼就可以看到，张嘴就可以吸入。又像春天的和风，秋日的细雨；只要有春天，有秋天，自然而然地就可以得到。中国古诗说："司空见惯浑闲事"，我一下子变成了古时候的司空了。

然而好景不长，天空里突然堆起了乌云，跟着来的是一场暴风骤雨。这一场暴风骤雨真是来得迅猛异常。不但我们自己没有经受过，而且也没有听说别人曾经经受过。我们都仿佛当头挨了一棒，直打得天旋地转，昏头昏脑。有一个时期，我们都失去了行动的自由，在一个阴森可怕的恐怕要超过"白公馆"和"渣滓洞"的地方住了一些时候。以后虽然恢复了自由，然而每个人的脑袋上还都戴着一大堆莫须有的帽子，天天过着如临深渊如履薄冰的日子，谨小慎微，瞻前顾后，唯恐言行有什么"越轨"之处，随时提防意外飞来的横祸。我们的处境真比旧社会的童养媳还要困难。我们每个人脑海里都有成百个问号，成千个疑团；然而问天天不语，问地地不应。我们只有沉默寡言，成为不折不扣的行尸走肉了。

在这期间，我也曾几次遇到过他，都是在路上。我看到他从远处走了过来，垂目低头，步履蹒跚。以前我看惯了的他那种矫健的步伐，轻捷的行姿，已经消逝得无影无踪了。我有时候下意识地迎上前去，好像是要做点什么；但是快到跟前的时候，最多也不过彼此相顾一下，立刻又低下了头，别转开脸，我们已经到了彼此不敢讲话，不能讲话的地步了。至于在这样的时刻他是怎样想的，我说不清楚。我心里只觉得一阵凄凉，眼泪立刻夺眶而出了。

有一次，我在校医院门前遇到了他。这一回他不是孤身一人，而是有一个年老的妇女扶着他。他的身体似乎更不行了，路好像都走不全，腿好像都迈不开，脚好像都抬不起，颤巍巍地好不容易地向前挪动，费了好大劲才挪进了医院的大门，看样子是患了病。我一时冲动，很想鼓足了勇气走上前去探问一声。然而我不敢。那暴风骤雨的情景猛孤丁地展现在我眼前，我那一点剩勇好像是微弱的爝火，经雨一打，立刻就熄灭了。我不敢保证，如果再有一次那样的暴风骤雨，我是否还能经受得住。我硬是压下了我那向前去探问的冲动，只是站在远处注视着他。我是多么关心他的身体啊！然而我无能为力，我只能站在一旁看。幸好他并没有注意到我，否则也会引起他内心的激动，这样的激动对他的身体肯定是没有好处的。我全神贯注地注视着他，看他走进了校医院的玻璃门，他的身影在里面直晃动，在挂号处停留了一会儿，又被搀扶到走廊里去，身影于是完全消逝，大概是到哪一个屋子门口去等候大夫呼唤了。

当时我虽然注视了他很久很久，但是在开头时并没有发现有什么特异的情况，对他的身体的关心占住了我整个的注意力。等到他的身影消逝以后，我猛然发现，他脸上一点笑容都没有，他成了一个不会笑的人，他已经把笑失掉，当然更不用说那爽朗的笑声了。我心里猛烈地一震，我自己的这一个平凡又伟大的发现使我吃惊。我从前只知道笑是人的本能；现在我又知道，人是连本能也会失掉的。我活了六十多年才发现了这样一个真理，然而这是一个多么残酷多么令人不寒而栗的真理啊！

我自己怎样呢？他在这里又在另外一种意义上成了我的一面镜子。拿这面镜子一照：我同他原来是一模一样，我脸上也是一点笑容都没有，我也成了一个不会笑的人，我也把笑失掉了。如果自己不拿这面镜子来照一照，这情况我是不会知道的。因为没有一个人会告诉我，没有一个人敢告诉我。像我这样的人，当时是没有几个人肯同我说话的。如果有大胆的人敢同我说上几句话，我反而感到不自然，感到受宠若惊。不时飞来的轻蔑的一瞥，意外遇到的大声的申斥，我倒安之若素，倒觉得很自然。我当时就像白天的猫头鹰，只要能避开人，我一定避开；只要有小路，我决不走大路；只要有房后的野径，我连小路也不走。只要有熟人迎面走来，我远远地就垂下了头。我只恨地上没有洞；如果有的话，我一定会钻进去，最好一辈子也不出来。在这样的情况下，一个人能笑得起来吗？让他把笑保留住不失掉能办得到吗？我也只能同那一位老干部一样变成了一个不会笑的人了。

通过那几年的切身经历，我深深地感觉到，一个人如果失掉了笑，那就意味着，他同时也已经失掉了希望，失掉了生趣，失掉了一切。他活在世界上，在别人眼中，在他自己眼中，实际上成了一个多余的人,他只不过是行尸走肉,苟延残喘而已。什么清风,什么明月,什么春花,什么秋实,在别人眼中,当然都是非常可爱的;然而在他眼中,却什么快感也引不起来。他在这世界上如浮云,如幻影;世界对他也如浮云,如幻影。他自己就像一个幽灵,踽踽独行于遮天盖地的辽阔的寂寞中。他成了一个路人,一个"过客",在默默地等候大限的来临。

真理毕竟要胜利,乌云绝不会永在。经过了一番风雨,燕园里又出现了阳光,全中国也出现了阳光。记得是在一个座谈会上,我同这一位革命老前辈又见面了。他头发又白了很多,脸上皱纹也增添了不少,走路显得异常困难,说话声音很低。才几年的工夫,他好像老了二十年。我的心情很沉重,但是同时又很愉快。我发现他脸上又有了笑容,他又把笑找回来了。在谈到兴会淋漓的时候,他大笑起来,虽然声音较低,但毕竟是爽朗的笑声。这样的笑声我已经很久很久没有听到了。乍听之下,有如钧天妙乐,滋润着我的心灵,温暖着我的耳朵,怡悦着我的眼睛,激动着我的四肢。我觉得,这爽朗的笑声,就像骀荡的春风一样,又仿佛吹遍了整个燕园,响彻了整个燕园。我仿佛还听到它响彻了高山、密林、通都、大邑、工厂、农村、机关、学校,响彻了整个祖国大地,而且看样子还要永远响下去。

我现在不但在这位革命老前辈的脸上看到了已经失掉而又找回来的笑，而且在很多人的脸上都看到了笑容；老年人、中年人、青年人、妇女、儿童，无一例外。把笑失掉，是不容易的；把笑重新找回来，就更困难。我相信，一个在沧海中失掉了笑的人，绝不能做任何的事情。我也相信，一个曾经沧海又把笑找回来的人，却能胜任任何的艰巨。一个很多人失掉了笑而只有一小撮人能笑的民族，绝不能长久立于世界民族之林。只有能笑、会笑、敢笑、重新找回了笑的民族，才能创建宏伟的事业，才能在短期内实现四个现代化，才能阔步前进，建成社会主义，最终达到人类大同之域。

发现只有人是会笑的，是科学家。发现人也是能失掉笑的，是曾经沧海的人。两者都是伟大的发现。曾经沧海的人发现了这个真理，绝不会垂头丧气，而是加倍地精神抖擞。我认识的那一位革命老前辈，在这里又成了我的一面镜子。我们都要感激那个沧海，它从另一方面教育了我们。我从小就喜欢读苏东坡的词句："人有悲欢离合，月有阴晴圆缺，此事古难全。但愿人长久，千里共婵娟。"我想改一下最后两句："但愿人长笑，千里共婵娟。"我愿意永远永远听到那爽朗的笑声。

1979 年 1 月 31 日

难忘的一家人

三月初的德里,已经是春末夏初时分。北京此时恐怕还会飘起雪花吧。而在这里,却已是杂花生树,群莺乱飞。月季花、玫瑰花、茉莉花、石竹花,还有其他许多不知名的鲜花,纷红骇绿,开得正猛。木棉那大得像碗口的红花,开在凌云的高枝上,发出了异样的光彩,特别逗引起了我这个异乡人的惊奇。

就正在这繁花似锦的时刻,我会见了将近二十年没有见面的印度老朋友普拉萨德先生。

当时,我刚从巴基斯坦来到德里。午饭后,我站在我们的大使馆楼前的草地上,欣赏那一朵朵肥大的月季花,正在出神,冷不防从对面草地上树荫下飞也似的跳出来了一个人,一下子扑了过来，用力搂住我的脖子，拼命吻我的面颊。他眼里泪水潸潸，眉头痛苦地或者是愉快地皱成了一个疙瘩。他就是普拉萨德。他这出乎意料的举动，使得我惊愕、快乐。但是，我的眼里却没有泪水流出，好像是我还没有来得及把泪水酿出。

这自然就使我回忆起过去在北京大学的一些事情。

普拉萨德是在解放初期由印中友协主席、中国人民始终如一的老朋友森德拉尔先生介绍到北大来任教的。他为人正直，坦荡，老老实实，本本分分，从来不弄什么小动作，不耍什么花样。借用德国老百姓的一句口头语：他忠实得像金子一样。在工作方面，他勤勤恳恳，给什么工作，就做什么工作，绝不讨价还价。因此，他同中国教师和历届的同学都处得很好，没有人不喜欢他，不尊重他的。他后来回国结了婚，带着夫人普拉巴女士又回到北京。生的第一个男孩，取名就叫作京生。长到三四岁的时候，活泼伶俐，逗人喜爱。每次学校领导宴请外国教员，一个必不可少的节目就是要京生高唱《东方红》。此时宴会厅里，必然是笑声四起，春意盎然，情谊脉脉，喜气融融。

时光就这样流逝过去。他做的事情都是平平常常的事情，过的日子也都是平淡无奇的日子。没有兴奋，没有激动。没有惊人的变化，也没有难忘的伟绩。忘记了是哪一年，他生了肺病，有点紧张。我就想方设法，加以劝慰。我现在已经忘记究竟对他说了些什么话，但是估计像我这样水平低的人，也绝不会说出什么精辟的话。他可就信了我的话，情绪逐渐平静了下来。又忘记了是哪一年，他告诉我，想到莫斯科去参加青年联欢节。我通过有关的单位，使他达到了目的。这些都是小事，本来是不足挂齿的，然而他却惦记在心，逢人便说。他还经常说，我是他的长辈，是他的师尊。这很使我感到有点尴尬，觉得受之有愧。

天不会总是晴的，人世间也绝不会永远风平浪静。大约是在1959年，中印友谊的天空里突然升起了一团乌云。某一些原来对中国友好的印度人，接踵转向。但是，普拉萨德一家人并没有动摇。他们不相信那一些造谣诬蔑、流言蜚语。他们一直坚持到自己的护照有被吊销的危险的时候，才忍痛离开了中国。

接着来的是一段中印两国人民都不愉快的时光。我自己毕生研究印度的文化和历史，十分关心中印两国人民的传统友谊。在这一团乌云的遮蔽下，我有说不出来的苦恼，心情很沉重。我不时想到普拉萨德，想到他那一家人。当他们还在北京的时候，我实际上并没有这样想过。现在一旦暌违，却竟如此忆念难置。我自己也说不清楚其中的原因。难道我也想到"鸿雁几时到，江湖秋水多"吗？我不知道，普拉萨德一家人在想些什么，他们在干些什么。但是，我对于他那一家人对中国人民的深厚友谊，是从来没有怀疑的。我相信，他同广大的印度朋友一样，既能同中国人民共安乐，也能同我们共忧患。他们既然能渡过丽日和风，也必然能渡过惊涛骇浪。

事实也正是这个样子。等到天空里的乌云逐渐淡下去的时候，从遥远的西天传来了普拉萨德一家的消息。他确实是没有动摇。在那些日子里，他仍然坚持天天到中国驻印度大使馆去上班。当时大使馆门外驻扎着军警。每一个到中国大使馆来的印度人，都要受到盘问。许多印度朋友，不管内心里多么热爱中国，在这种情况下，也只好望而却步。然而普拉萨德却毅然岿然，决不气馁。当他在中国生肺病的时候，我心里曾闪过一个念头，窃以为他太脆弱。现在才知道，我错了。在大是大非面前，他是非常坚强的。我认识到他是这样一个人：在脆弱中有坚强，在简单中有深刻，在淳朴中有繁缛，在平淡中有浓烈。

他的爱人普拉巴是夫唱妇随。有人要她捐献爱国捐，她问为什么，说是为了对付中国，她坚决回答："爱国人人有份。但是捐了金银首饰去打中国，我宁死不干。我决不相信中国会侵略印度！"这一番话义正词严，简直可以说是掷地作金石声。在那黑云翻滚的日子里，敢于说这样的话，是需要有点勇气的。普拉巴平常看起来也像她丈夫一样是朴素而安静的。就在这样一个朴素而安静的印度普通妇女的心中蕴藏着多少对中国兄弟姐妹的爱和信任啊！而且在千千万万印度朋友心中蕴藏着的正是这样的爱和信任。印度古书上有一句话："真理就是要胜利。"她说的话正是真理，因此就必然会胜利的。

难道说普拉萨德一家人不热爱自己的祖国吗？正相反。我知道，他们是非常热爱自己的祖国的。而他们这样的举动也正是真正热爱祖国的表现。

就这样，我们虽然相别十余年，相隔数万里，其间也没有通过信。但是，我们的心是相通的，我们的心是挨得非常近的。

可是我无论如何也没有预料到，我们竟然能够在花团锦簇的暮春时分，在德里又会了面。

看样子，这一次意外的会面也给普拉萨德带来了极大的愉快。他告诉我，当他听说我要到印度来的时候曾高兴得几夜睡不着觉。我知道，他确实是非常高兴的。那时候，我们的访问非常紧张，一个会接着一个会，忙得不可开交。但是他却利用一切机会同我会面和交谈。有一天晚上，他还带了另一位印度朋友来看我。刚说了几句话，他们俩突然跪到地上摸我的脚。我知道，这是对最尊敬的人行的礼节。我大吃一惊，觉得真是当之有愧。但是面对着这一位忠实得像金子一般的印度朋友，我有什么办法呢？

普拉萨德再三对我讲，他要把他全家都带来同我会面。这正是我的愿望。我是多么想看一看这一家人啊！但是时间却挤不出。最后商定在使馆招待会前半小时会面。到了时候，他们全家果然来了。当年欢蹦乱跳的京生已经长成了稳重憨厚的青年，大学医学院的毕业生。当年在襁褓中的兰兰也已经长成了中学生。我看到这个情景，心里面思绪万千，半天说不出话来。但是，普拉萨德却滔滔不绝地讲了起来。讲他过去十几年的经历。从生活到思想，从个人到全家，不厌其详地讲述。兰兰大概觉得他说话太多了，有点生气似的说道："爸爸！看你老讲个不停，不让别人说半句话。"普拉萨德马上反驳说："不行不行！我非向他汇报不行。我的话三天三夜也讲不完。"说完又讲了起来，大有"词源倒流三峡水"的气概，看样子真要讲上三天三夜了。但是，招待会的时间到了，他们只能依依不舍地辞别离去。

我们在德里的最后一个节目是印中友协的欢迎会。散会后，也就是我同普拉萨德全家告别的时候。我自然而然地紧紧地搂住了他的脖子，吻他的面颊。好像也用不着去酿出，我的眼里流满了泪水。同这样一位忠诚淳朴，对中国人民始终如一的印度朋友告别，我难道还能无动于衷吗？

　　普拉萨德绝不是一个个人，而是广大的印度朋友的代表和象征，他也是千千万万善良的印度人的典型。他也绝没有把我看成一个个人，而是看成整个中国人民的代表。他对我流露出来的感情，不是对我一个人的，而是对全体中国人民的。正如中印友谊万古长青一样，我们之间的友谊也是长存的。即使我们暂时分别了，我相信，我们有一天总还会会面的，在印度，在中国。

　　我遥望西天，为普拉萨德全家祝福。

1979 年 10 月

一个影子似的孩子

有道是老马识途,又说姜是老的辣。意思无非是说,人老了,识多见广,没有没见过的东西。如今我已年逾古稀,足迹遍三大洲,见到的人无虑上千,上万,甚至上亿。但是我却从来没有见过这样一个影子似的孩子。

什么叫影子似的孩子呢?我来到庐山,在食堂里,坐定了以后,正在大嚼之际,蓦抬头,邻桌上已经坐着一个十几岁的西藏男孩,长着两只充满智慧的机灵的大眼睛,满脸秀气,坐在那里吃饭。我根本没有注意到他是什么时候进来的,没有一点声息,没有一点骚动。我心里正在纳闷,然而,一转眼间,邻桌上已经空无一人,没有一点声息,没有一点骚动,来去飘忽,活像一个影子。

最初几天，我们乘车出游，他同父母一样，从来不参加的。我心里奇怪：这样一个十几岁的男孩子，不知道闷在屋里干些什么，他难道就不寂寞吗？一直到了前几天，我们去游览花径、锦绣谷和仙人洞时，谁也没有注意到，车子上忽然多了一个人，他就是那个小男孩。他一句话也不说，没有一点声息，没有一点骚动，沉静地坐在那里，脸上浮现着甜蜜温顺的笑意，仍然像是一个影子。

从花径到仙人洞是有名的锦绣谷，长约一公里，左边崇山峻岭，右边幽谷深涧，岚翠欲滴，下临无地，目光所到之处，浓绿连天，是庐山的最胜处。道狭人多，拥挤不堪，我们这一队人马根本无法走在一起。小男孩同谁也不结伴，一个人踽踽独行。有时候，我想找他，但是万头攒动，宛如汹涌的人海，到哪里去找呢？但是，一转瞬间，他忽然出现在我们身旁。两只俊秀的大眼睛饱含笑意，一句话也不说，一点声息也没有。可是，又一转瞬，他又不知消逝到何方了。瞻之在前，忽然在后，飘忽浮动，让人猜也猜不透。等到我们在仙人洞外上车的时候，他又飘然而至，不声不响，活像是我们自己的影子。

又一次，我们游览龙宫洞，小男孩也去了。进了洞以后，光怪陆离，气象万千。我们走在半明半暗的洞穴里，目不暇接。忽然抬头，他就站在我身旁。可是一转眼又不见了。等我们游完了龙宫，乘坐过龙船以后，我想到这小男孩又不知道跑到哪里去了。但是，正要走出洞门，却见他一个人早已坐在石桌旁边，静静地在等候我们，满脸含笑，不声不响，又活像是我们的影子。

我有时候自己心里琢磨：这小男孩心里想些什么呢？前两天，我们正在吃饭的时候，忽然下了一阵庐山式的暴雨，白云就在门窗间飘出飘进，转瞬院子里积满了水，形成了小小的瀑布。我们的餐厅同寝室是分开来的。在大雨滂沱中，谁也回不了寝室，都站在那里着急，谁也没有注意到，这小男孩已经走出餐厅，回到寝室，抱来了许多把雨伞，还有几件雨衣，一句话也不说，递给别人，两只大眼睛满含笑意，默默无声，像是我们的影子。我心中和眼前豁然开朗：在这个不声不响影子似的孩子的心中，原来竟然蕴藏着这样令人感动的善良与温顺。我不禁对这个平淡无奇的孩子充满了敬意了。

我从来不敢倚老卖老，但在下意识中却隐约以见过大世面而自豪。不意在垂暮之年，竟又开了一次眼界，遇到了这样一个以前自己连做梦都不会想到的影子似的孩子。他并没有什么惊人之举，衣饰举动都淳朴得出奇，是一个非常平凡的小男孩。然而，从他身上，我们不是都可以学习到一些十分可贵的东西吗！

1986年8月3日于庐山

人间自有真情在

前不久，我写了一篇短文《园花寂寞红》，讲的是楼右前方住着的一对老夫妇，男的是中国人，女的是德国人。他们在德国结婚后，移居中国，到现在已将近半个世纪了。哪里想到，一夜之间，男的突然死去。他天天侍弄的小花园，失去了主人。几朵仅存的月季花，在秋风中颤抖，挣扎，苟延残喘，浑身凄凉、寂寞。

我每天走过那个小花园，也感到凄凉、寂寞。我心里总在想：到了明年春天，小花园将日益颓败，月季花不会再开。连那些在北京只有梅兰芳家才有的大朵的牵牛花，在这里也将永远永远地消逝了。我的心情很沉重。

昨天中午，我又走过这个小花园，看到那位接近米寿的德国老太太在篱笆旁忙活着。我走近一看，她正在采集大牵牛花的种子。这可真是件新鲜事儿。我在这里住了三十年，从来没有见到过她侍弄花。我曾满腹疑团：德国人一般都是爱花的，这老太太真有点个别。可今天她为什么也忙着采集牵牛花的种子呢？她老态龙钟，罗锅着腰，穿一身黑衣裳，瘦得像一只螳螂。虽然采集花种不是累活，她干起来也是够呛的。我问她，采集这个干什么？她的回答极简单："我的丈夫死了，但是他爱的牵牛花不能死！"

我心里一亮，一下子顿悟出来了一个道理。她男人死了，一儿一女都在德国。老太太在中国可以说是举目无亲。虽然说是入了中国籍，但是在中国将近半个世纪，中国话说不了十句，中国饭吃不惯。她好像是中国社会水面上的一滴油，与整个社会格格不入，平常只同几个外国人和中国留德学生来往，显得很孤单。我常开玩笑说：她是组织上入了籍，思想上并没有入。到了此时，老头已去，儿女在外，返回德国，正其时矣。然而她却偏偏不走。道理何在呢？我百思不得其解。现在，一个非常偶然的机会让我看到她采集大牵牛花的种子。我一下子明白了：这一切都是为了死去的丈夫。

丈夫虽然走了，但是小花园还在，十分简陋的小房子还在。这小花园和小房子拴住了她那古老的回忆,长达半个世纪的甜蜜的回忆。这是他俩共同生活过的地方。为了忠诚于对丈夫的回忆,她不肯离开,不忍离开。我能够想象,她在夜深人静时,独对孤灯。窗外小竹林的窸窣声,穿窗而入。屋后土山上草丛中秋虫哀鸣。此外就是一片寂静。丈夫在时,她知道对面小屋里还睡着一个亲人,使自己不会感到孤独。然而现在呢,那个人突然离开自己,走了,永远永远地走了。茫茫天地,好像只剩下自己孤零一人。人生至此,将何以堪!设身处地,如果我处在她的位置上,我一定会马上离开这里,回到自己的祖国,同儿女在一起,度过余年。

然而,这一位瘦得像螳螂似的老太太却偏偏不走,偏偏死守空房,死守这一个小花园。我知道:这一切都是为了死去的丈夫。

这一位看似柔弱实极坚强的老太太,已经走到了人生的尽头。这一点恐怕她比谁都明白。然而她并未绝望,并未消沉。她还是浑身洋溢着生命力,在心中对未来还充满了希望。她还想到明年春天,她还想到牵牛花,她眼前一定不时闪过春天小花园杂花竞芳的景象。谁看到这种情况会不受到感动呢?我想,牵牛花而有知,到了明年春天,虽然男主人已经不在了，但它一定会精神抖擞，花朵一定会开得更大，更大，颜色一定会更鲜，更艳。

1992年9月20日

两个乞丐

时间已经过去了七十多年,但是两个乞丐的影像总还生动地储存在我的记忆里,时间越久,越显得明晰。我说不出理由。

我小的时候,家里贫无立锥之地,没有办法,六岁就离开家乡和父母,到济南去投靠叔父。记得我到了不久,就搬了家,新家是在南关佛山街。此时我正上小学。在上学的路上,有时候会在南关一带,圩子门内外,城门内外,碰到一个老乞丐,是个老头,头发胡子全雪样地白,蓬蓬松松,像是深秋的芦花。偏偏脸色有点发红。现在想来,这绝不会是由于营养过度,体内积存的胆固醇表露到脸上来。他连肚子都填不饱,哪里会有什么佳肴美食可吃呢?这恐怕是一种什么病态。他双目失明,右手拿一根长竹竿,用来探路;左手拿一只破碗,当然是准备接受施舍的。他好像是无法找到施主的大门,没有法子,只有亮开嗓子,在长街上哀号。他那种动人心魄的哀号声,同嘈杂的市声搅混在一起,在车水马龙中,嘹亮清澈,好像上面的天空、下面的大地都在颤动。唤来的是几个小制钱和半块窝窝头。

像这样的乞丐,当年到处都有,最初并没有引起我的注意。可是久而久之,我对他注意了。我说不出理由。我忽然在内心里对他油然起了一点同情之感。我没有见到过祖父,我不知道祖父之爱是什么样子。别人的爱,我享受得也不多。母亲是十分爱我的,可惜我享受的时间太短太短了。我是一个孤寂的孩子。难道在我那幼稚孤寂的心灵里在这个老乞丐身上顿时看到祖父的影子了吗?我喜欢在路上碰到他,我喜欢听他的哀号声。到了后来,我竟自己忍住饥饿,把每天从家里拿到的买早点用的几个小制钱,统统递到他的手里,才心安理得,算是了了一天的心事,否则就好像缺了点什么。当我的小手碰到他那粗黑得像树皮一般的手时,我心里说不出是什么滋味:怜悯、喜爱、同情、好奇混搅在一起,最终得到的是极大的欣慰。虽然饿着肚子,也觉得其乐无穷了。他从我的手里接过那几个还带着我的体温的小制钱时,难道不会感到极大的欣慰，觉得人世间还有那么一点温暖吗？

这样大概过了没有几年，我忽然听不到他的哀叫声了。我觉得生活中缺了点什么。我放学以后，手里仍然捏着几个沾满了手汗的制钱，沿着他常走动的那几条街巷，瞪大了眼睛看，伸长了耳朵听。好几天下来，既不闻声，也不见人。长街上依然车水马龙，这老乞丐却哪里去了呢？我感到凄凉，感到孤寂，好几天心神不安。从此这个老乞丐就从我眼里消逝，永远永远地消逝了。

差不多在同时，或者稍后一点，我又遇到了另一个老乞丐，仅有一点不同之处：这是一个老太婆。她的头发还没有全白，但蓬乱如秋后的杂草。她面色黧黑，满是皱纹，一点也没有老头那样的红润。她右手持一根短棍。因为她也是双目失明，棍子是用来探路的。不知为什么，她能找到施主的家门。我第一次见到她，就是在我家的二门外面。她从不在大街上叫喊，而是在门口高喊："爷爷！奶奶！可怜可怜我吧！"也许因为，她到我们家来，从不会空手离开的，她对我们家产生了感情；所以，隔上一段时间，她总会来一次的。我们成了熟人。

据她自己说，她住在南圩子门外乱葬岗子上的一个破坟洞里。里面是否还有棺材，她没有说。反正她瞎着一双眼，即使有棺材，她也看不见。即使真有鬼，对她这个瞎子也是毫无办法的。多么狰狞恐怖的形象，她也是眼不见，心不怕。这是一种什么样的日子，我今天回想起来，都有点觉得毛骨悚然。

不知道为什么，她竟然还有闲情逸致来种扁豆。不知她从哪里弄了点扁豆种子，就栽在坟洞外面的空地上，不时浇点水。到了夏天，扁豆是不会关心主人是不是瞎子的，一到时候，它就开花结果。这个老乞丐把扁豆摘下来，装到一个破竹筐子里，拄上了拐棍，摸摸索索来到我家二门外面，照例地喊上几声。我连忙赶出来，看到扁豆，碧绿如翡翠，新鲜似带露，我一时吃惊得说不出话来。我当时还不到十岁，虽有感情，绝不会有现在这样复杂、曲折。我不会想象，这个老婆子怎样在什么都看不到的情况下，刨土、下种、浇水、采摘。这真是一首绝妙好诗的题目。可是限于年龄，对这一些我都木然懵然，只觉得这件事颇有点不寻常而已。扁豆并不是什么名贵的东西，然而老乞丐心中有我们一家，从她手中接过来的扁豆便非常非常不寻常了。这一点我当时朦朦胧胧似乎感觉到了。这扁豆的滋味也随之大变。在我一生中，在那以前我从没有吃过那样好吃的扁豆，在那以后也从未有过。我于是真正喜欢上了这一个老年的乞丐。

然而好景不长，这样也没有过上几年。有一年夏天，正是扁豆开花结果的时候，我天天盼望在二门外面看到那个头发蓬乱鹑衣百结的老乞丐。然而却是天天失望，我又感到凄凉，感到孤寂，又是好几天心神不宁。从此这一个老太婆同上面说的那一个老头子一样，在我眼前消逝了，永远永远地消逝了。

到了今天，时间已经过去了七十多年。我的年龄恐怕早已超过了当年这两个乞丐的年龄。不知道是为什么我又突然想起了他俩。我说不出理由。不管我表面上多么冷，我内心里是充满了炽热的感情的。但是当时我涉世未久，或者还根本不算涉世，人间沧桑，世态炎凉，我一概不懂。我的感情是幼稚而淳朴的，没有后来那一些不切实际的非常浪漫的想法。两位老乞丐在绝对孤寂凄凉中离开人世的情景，我想都没有想过。在当年那种社会里，人的心都是非常硬的，几乎人人都有一副铁石心肠，否则你就无法活下去。老行幼效，我那时的心，不管有多少感情，大概比现在要硬多了。唯其因为我的心硬，我才能够活到今天的耄耋之年。事情不正是这样子吗？

我现在已经走到了快让别人回忆自己的时候了。这两个老乞丐在我回忆中保留的时间也不会太久了。今天即使还有像我当年那样心软情富的孩子，但是人间已经换过，再也不会有那样的乞丐供他们回忆了。在我以后，恐怕再也不会出现我这样的人了。我心甘情愿地成为有这样回忆的最后一个人。

1992 年 12 月 26 日

两行写在泥土地上的字

夜里有雷阵雨,转瞬即停。"薄云疏雨不成泥",门外荷塘岸边,绿草坪畔,没有积水,也没有成泥,土地只是湿漉漉的。一切同平常一样,没有什么特异之处。

我早晨出门,想到外面呼吸点新鲜空气,这也同平常一样,并没有什么特异之处。然而,我的眼睛一亮,蓦地瞥见塘边泥土地上有一行用树枝写成的字:

季老好　98级日语

回头在临窗玉兰花前的泥土地上也有一行字:

来访　98级日语

我一时懵然,莫明其妙。还不到一瞬间,我恍然大悟:98级是今年的新生。今天上午,全校召开迎新大会;下午,东方学系召开迎新大会。在两大盛会之前,这一群(我不知道准确数目)从未谋面的十七八九岁男女大孩子们,先到我家来,带给我无法用言语形容的这一番深情厚谊。但他们恐怕是怕打扰我,便想出了这一个惊人的匪夷所思的办法,用树枝把他们的深情写在了泥土地上。他们估计我会看到的,便悄然离开了我的家门。

我果然看到他们留下的字了。我现在已经望九之年,我走过的桥比这一帮大孩子走过的路还要长,我吃过的盐比他们吃过的面还要多,自谓已经达到了"悲欢离合总无情"的境界。然而,今天,我一看到这两行写在泥土地上的字,我却真正动了感情,眼泪一下子涌出了眼眶,双双落到了泥土地上。

我是一个平凡的人,生平靠自己那一点勤奋,做出了一点微不足道的成绩。对此我并没有多大信心。独独对于青年,我却有自己的一套看法。我认为,我们中年人或老年人,不应当一过了青年阶段,就忘记了自己当年穿开裆裤的样子,好像自己一下生就老成持重，对青年总是横挑鼻子竖挑眼。我们应当努力理解青年，同情青年，帮助青年，爱护青年。不能要求他们总是四平八稳，总是温良恭俭让。我相信，中国青年都是爱国的，爱真理的。即使有什么"逾矩"的地方，也只能耐心加以劝说，惩罚是万不得已而为之的。一个国家，一个民族，如果对自己的青年失掉了信心，那他就失掉了希望，失掉了前途。我常常这样想，也努力这样做。在风和日丽时是这样，在阴霾蔽天时也是这样。这要不要冒一点风险呢？要的。但我人微言轻，人小力薄，除了手中的一支圆珠笔以外，就只有嘴里那三寸不烂之舌，除了这样做以外，也没有别的办法。

大概就由于这些情况，再加上我的一些所谓文章，时常出现在报纸杂志上，有的甚至被选入中学教科书，于是普天下青年男女颇有知道我的姓名的。青年们容易轻信，他们认为报纸杂志上所说的都是真实的，就轻易对我产生了一种好感，一种情意。我现在几乎每天都能收到全国各地，甚至穷乡僻壤、边远地区青年们的来信，大中小学生都有。他们大概认为我无所不能，无所不通，而又颇为值得信赖，向我提出各种各样的问题，有的简直石破天惊，有的向我倾诉衷情。我想，有的事情他们对自己的父母也未必肯讲的，比如想轻生之类，他们却肯对我讲。我读到这些书信，感动不已。我已经到了风烛残年，对人生看得透而又透，只等造化小儿给我的生命画上句号。然而这些素昧平生的男女大孩子的信，却给我重新注入了生命的活力。苏东坡的词说："谁道人生无再少？门前流水尚能西。休将白发唱黄鸡。"我确实有"再少"之感了，这一切我都要感谢这些男女大孩子。

东方学系98级日语专业的新生，一定就属于我在这里所说的男女大孩子们。他们在五湖四海的什么中学里，读过我写的什么文章，听到过关于我的一些传闻，脑海里留下了我的影子。所以，一进燕园，赶在开学之前，就迫不及待地把自己那一份情意，用他们自己发明出来的也许从来还没有被别人使用过的方式，送到了我的家门来，惊出了我的两行老泪。我连他们的身影都没有看到，我看到的只是清塘里面的荷叶。此时虽已是初秋，却依然绿叶擎天，水影映日，满塘一片浓绿。回头看到窗前那一棵玉兰，也是翠叶满枝，一片浓绿。绿是生命的颜色，绿是青春的颜色，绿是希望的颜色，绿是活力的颜色。这一群男女大孩子正处在平常人们所说的绿色年华中，荷叶和玉兰所象征的正是他们。我想，他们一定已经看到了绿色的荷叶和绿色的玉兰，他们的影子一定已经倒映在荷塘的清水中。虽然是转瞬即逝，连他们自己也未必注意到。可他们与这一片浓绿真可以说是相得益彰，溢满了活力，充满了希望，将来左右这个世界的，决定人类前途的正是这一群年轻的男女大孩子。他们真正让我"再少"，他们在这方面的力量绝不亚于我在上面提到的那些全国各地青年的来信，我虔心默祷——虽然我并不相信——造物主能从我眼前的八十七岁中抹掉七十年，把我变成一个十七岁的少年，使我同他们一起学习，一起娱乐，共同分享普天下的凉热。

1998 年 9 月 25 日

忆念荷姐

如果统领宇宙的造物主愿意展示他那宏大无比的法力的话,愿他让我那在济南的荷姐仍然活着,她只比我大两岁。

最近一个时期以来,经常想到荷姐。一转眼,她的面影就在我眼前晃动,莞尔而笑。在仪态上,她虽然比不了自己的胞姐小姐姐的花容月貌;但是光艳动人,她还是当之无愧的。

话头一开,就要回到七八十年前去。当时我们家同荷姐家同住一个大院,她住后院,我们住前院。我当时是一个十七八岁的毛头小伙子,语不惊人,貌不逮众,寄人篱下,宛如一只小癞蛤蟆,没有几个人愿意同我交谈的。只有两个人算是例外。一个是小姐姐,一个就是荷姐。这一件事我永远不会忘记。

到了1929年,我十八岁了。叔父母为了传宗接代,忙活着给我找个媳妇。谈到媳妇,我有我的选择。我的第一选择对象就是荷姐。她是一个难得的好媳妇:漂亮、聪明、伶俐、温柔。但是,西湖月老祠对联的原一联是:是前生注定事莫错过姻缘。我同荷姐的事情大概是前生没有注定,终于错过了姻缘。

1935年,我以交换研究生的名义赴德国留学。时间原定只有两年。但是,1937年,日寇发动了全面对华侵略战争,我无法回国。1939年,二次世界大战爆发,我有国难归,一住就是十年。幸蒙哈隆教授(Gustav Haloun)垂青,任命我为汉学讲师,避免成为饿殍。我是一个闲不住的人。我借这个机会,学习了梵文、巴利文、吐火罗文。于1941年获得哲学博士学位。主系是印度学,两个副系,一个是斯拉夫语言学,一个是英国语言学。博士拿到手,我仍然毫不懈怠,开电灯以继晷,恒兀兀以穷年,结果写成了几篇论文,颇有一些新见解、新发现。论文都是用德文写成的。其中一篇讲语尾am变为u或o的问题。是一篇颇有意义的文章。Sieg教授一看,大为欣赏,立即送哥廷根科学院院刊发表。一个外国青年学者在科学院院刊上发表文章,是一件非同小可的事情。

1945年秋天，我离开了德国到瑞士去。在那里参加了庆祝国庆的盛会。对中国（那时是国民党）外交官有了初步的感性认识。

1946年，我离开瑞士，乘运载法国兵的英国巨轮，到了越南西贡。在那里住了几个月。又乘轮出发，经香港到了上海。出国十年，现在一旦回到祖国母亲的怀抱里，心中激动万分，很想跪下亲吻土地。但是，一想到国内官僚正在乘日寇高官撤走，国内大汉奸纷纷被镇压之际大耍五子登科的把戏，我立即气馁，心虚，不想采取什么行动了。

这一年的夏天，我一半住在上海，一半住在南京。在上海，晚上就睡在克家的榻榻米上。在南京，晚上就睡在长之在国内编译馆的办公桌上。实际上是过着流浪的生活。心情极不稳定，切盼有朝一日能有自己的一间小房。

这年秋天，我从上海乘轮船到达秦皇岛。下船登车，直抵北京。当时烽火遍地。这一段铁路由美国兵把守，能得畅通。我离故都已经十年。这一次老友重逢，丝毫没有欢心鼓舞的感觉。正相反，节令正值深秋，秋水吹昆明（湖），落叶满长安（街），一片荒寒肃杀之气。古文"悲哉，秋之为气也"，差能表达我的心情于万一。

我被安排到五四时期名建筑红楼上去住。红楼早已过了自己辉煌的童年、青年和壮年，现在已经是一位耄耋老翁了。它当然是一个无生命的东西。然而，在我的心目中，它却是活的东西。静心观万物，冷眼看世界，积累了大量的智慧和见识，我住在里面，仿佛都能享受一份。甚可乐也。可是，还有另外一方面的情况。此时，四层大楼一百多间房子，只住着包括我在内的四五个人。走廊上路灯昏黄，电灯只开了几盏。我总是想到楼下地下室在日寇占领期间是日本宪兵队刑讯中国革命者的地方，也是他们杀人的地方。据说，到现在还能听到鬼叫。我居德国十年，心中鬼神的概念已经荡然无存。即使是这样，我现在住在这一座空荡荡的大楼里，只感到鬼影憧憧，鬼气森森，我不禁毛发直竖。

第二天，我去见汤用彤先生。由陈寅恪先生推荐，汤用彤先生接受，我受聘为北京大学教授。这次去见汤先生，由代校长傅斯年陪伴。校长胡适正在美国。在路上，傅斯年先生一个劲地给我做思想工作。说在国外获得博士学位以后，回国到北大都必须先当两年的副教授，然后才能转为正教授。这是多年的规定，不允许有例外。我洗耳恭听，一言不发。见到汤先生以后，他明确无误地告诉我：聘我为北京大学正教授，先做一个礼拜的副教授，表示并不是无端跳过了这一个必经的阶段。我当然感激之至。这是我在六十年前进入北大时的一段佳话。

这一年和下一年——1947年，我都在北大教书。一直到1948年，我才得到一个机会，搭乘飞机，飞回济南。我已经离家十三年了。这一次回来，也可以说是一享家人父子之乐吧。

荷姐当然见到了。她漂亮如故，调皮有加。一见我，先是高声呼叫"季大博士"。这我并不奇怪，我们从小互相开玩笑惯了。但是，她接着左一个"季大博士"，右一个"季大博士"，说个不停，这就引起了我的疑心。我悚然听之，我猛然发现，在她的内心深处蕴藏着一点凄凉，一点寂寞，一点幽怨，还有一点悔不当初。一谈到悔不当初，我就必须说，这是我们自己酿成的一杯苦酒，必须由我们自己来品尝。在这里，主要当事人是荷姐本人，我一点责任都没有。

从此以后，就同荷姐失去了联系，到现在已经快六十年了。其间，我曾由李玉洁陪伴回济南一次，目的是参加山大校庆。来去匆匆，没有时间去探寻荷姐的行踪。到了今天，又已经过去了几年。看来，要想见到荷姐，只有梦中团圆了。

2006.4.8

我的女房东

我在上面已经多次谈到我的女房东欧朴尔太太。

我在这里还要再集中来谈。

我不能不谈她。

我们共同生活了整整十年,共过安乐,也共过患难。在这漫长的时间内,她为我操了不知多少心,她确实像自己的母亲一样。回忆起她来,就像回忆一个甜美的梦。

她是一个平平常常的德国妇女。我初到的时候,她大概已有五十岁了,比我大二十五六岁。她没有多少惹人注意的特点,相貌平平常常,衣着平平常常,谈吐平平常常,爱好平平常常,总之是一个非常平常的人。

然而,同她相处的时间越久,便越觉得她在平常中有不平常的地方：她老实，她诚恳，她善良，她和蔼，她不会吹嘘，她不会撒谎。她也有一些小小的偏见与固执，但这些也都是平平常常的，没有什么越轨的地方；这只能增加她的人情味，而绝不能相反。同她相处，不必费心机，设提防，一切都自自然然，使人如处和暖的春风中。

她的生活是十分单调的、平凡的。她的天地实际上就只有她的家庭。中国有一句话说：妇女围着锅台转。德国没有什么锅台，只有煤气灶或电气灶。我的女房东也就是围着这样的灶转。每天一起床，先做早点，给她丈夫一份，给我一份。然后就是无尽无休地擦地板，擦楼道，擦大门外面马路旁边的人行道。地板和楼道天天打蜡，打磨得油光锃亮。楼门外的人行道，不光是扫，而且是用肥皂水洗。人坐在地上，绝不会沾上半点尘土。德国人爱清洁，闻名全球。德文里面有一个词儿Putzteufel，指打扫房间的洁癖，或有这样洁癖的女人。Teufel的意思是"魔鬼"，Putz的意思是"打扫"。别的语言中好像没有完全相当的字。我看，我的女房东，同许多德国妇女一样，就是一个不折不扣"清扫魔鬼"。

我在生活方面所有的需要，她一手包下来了。德国人生活习惯同中国人不同。早晨起床后，吃早点，然后去上班；十一点左右，吃自己带去的一片黄油夹香肠或奶酪的面包；

下午一点左右吃午饭。这是一天的主餐,吃的都是热汤热菜,主食是土豆。下午四点左右,喝一次茶,吃点饼干之类的东西。晚上七点左右吃晚饭,泡一壶茶或者咖啡,吃凉面包、香肠、火腿、干奶酪等等。我是一个年轻的穷学生,一无时间,二无钱来摆这个谱儿。我还是中国老习惯,一日三餐。早点在家里吃,一壶茶,两片面包。午饭在外面馆子里或学生食堂里吃,都是热东西。晚上回家,女房东把她们中午吃的热餐给我留下一份。因此,我的晚餐也都是热汤热菜,同德国人不一样,这基本上是中国办法。这都是女房东在了解了中国人的吃饭习惯之后精心安排的。我每天在研究所里工作了一整天之后,回到家来,能够吃上一顿热乎乎的晚饭,心里当然是美滋滋的。对女房东这番情意,我是由衷地感激的。

晚饭以后,我就在家里工作。到了晚上十点左右,女房东进屋来,把我的被子铺好,把被罩拿下来,放到沙发上。这工作其实是非常简单的,我自己尽可以做。但是,女房东却非做不可,当年她儿子住这一间屋子时,她就是天天这样做的。铺好床以后,她就站在那里,同我闲聊。她把一天的经历,原原本本,详详细细,都向我"汇报"。她见了什么人,买了什么东西,碰到了什么事情,到过什么地方,一一细说,有时还绘声绘形,说得眉飞色舞。我无话可答,只能洗耳恭听。她的一些婆婆妈妈的事情,我并不感兴趣。但是,我初到德国时,听说德语的能力都不强。每天晚上上半小时的"听力课",对我大有帮助。我的女房东实际上成了我的不收费的义务教员。这一点我从来没有对她说,她也永远不会懂的。"汇报"完了以后,照例说一句:"夜安!祝你愉快地安眠!"我也说同样的话,然后她退出,回到自己的房间里。我把皮鞋放在门外,明天早晨,她会把鞋擦亮。我这一天的活动就算结束了,上床睡觉。

其余许多杂活,比如说洗衣服、洗床单、准备洗澡水等等,无不由女房东去干。德国被子是鸭绒的,鸭绒没有被固定起来,在被套里面享有绝对的自由活动的权利。我初到德国时,很不习惯,睡下以后,在梦中翻两次身,鸭绒就都活动到被套的一边去,这里绒毛堆积如山,而另一边则只剩下两层薄布,当然就不能御寒,我往往被冻醒。我向女房东一讲,她笑得眼睛里直流泪。她于是细心教我使用鸭绒被的方法。我就像一个小孩子一样,在她的照顾下愉快地生活。

她的家庭看来是非常和睦的,丈夫忠厚老实,一个独生子不在家,老夫妇俩对儿子爱如掌上明珠。我记得,有一段时间,老头月月购买哥廷根的面包和香肠,打起包裹,送到邮局,寄给在达姆施塔特(Darmstadt)高工念书的儿子。老头腿有点毛病，走路一瘸一拐，很不灵便；虽然拿着手杖，仍然非常吃力。可他不辞辛劳，月月如此。后来老夫妇俩出去度假，顺便去看儿子。到儿子的住处大学生宿舍里去，一瞥间，他们看到老头千辛万苦寄来的面包和香肠，却发了霉，干瘪瘪地躺在桌子下面。老头怎样想，不得而知。老太太回家后，在晚上向我"汇报"时，絮絮叨叨地讲到这件事，说她大为吃惊。但是，奇怪的是，老头还是照样拖着两条沉重的腿，把面包和香肠寄走。我不禁想到，"可怜天下父母心"，古今中外之所同。然而儿女对待父母的态度，东西方却不大相同了。章太太的男房东可以为证。我并不提倡愚忠愚孝。但是，即使把父母与子女之间的关系，化为一般人与人之间的关系，像房东儿子的做法不也是有点过分了吗？

女房东心里也是有不平的。

儿子结了婚，住在外城，生了一个小孙女。有一次，全家回家来探望父母。儿媳长得非常漂亮，衣着也十分摩登。但是，女房东对她好像并不热情，对小孙女也并不宠爱。儿媳是年轻人，对好多事情有点马大哈，从中也可以看出德国两代人之间的"代沟"。有一天，儿媳使用手纸过多，把马桶给堵塞了。老太太非常不满意，拉着我到卫生间指给我看。脸上露出了许多怪物相，有愤怒，有轻蔑，有不满，有憎怨。

此事她当然不能对儿子讲，连丈夫大概也没有敢讲，茫茫宇宙间她只有对我一个人诉说不平了。

女房东也是有偏见的。

关于戴帽子的偏见，我在上面已经谈过了，这里不再重复。她的偏见不只限于这一点，而且最突出的也不是这一件事。最突出的是宗教偏见。她自己信奉的是耶稣教，对天主教怀有莫名其妙的刻骨的仇恨。世界各地区各民族都毫无例外地有宗教偏见。这种偏见比任何其他偏见都更偏见。欧洲耶稣基督教新旧两派之间的偏见，也是异常突出的。我的女房东没有很高的文化，她的偏见也因而更固执。但她偏偏碰到一个天主教的好人。女房东每个月要雇人洗一次衣服、床单等等，承担这项工作的是一个天主教的女人，年纪比女房东还要大，总有六十多岁了。她没有财产，没有职业，就靠帮人洗衣服为生。人非常老实，一天说不了几句话。却是一个十分虔诚的信徒，每月的收入，除了维持极其简朴的生活以外，全都交给教堂。她大概希望百年之后能够在虚无缥缈的天堂里占一个角落吧。女房东经常对我说："特雷莎（Therese）忠诚得像黄金一样。"特雷莎是她的名字。但是，忠诚归忠诚，一提到宗教，女房东就忿忿不平，晚上向我"汇报"时，对她也时有微词，具体的例子却从来没有听说过。

我的女房东就是这样一个有不平,有偏见,有自己的与宇宙大局、世界大局和国家大局无关的小忧愁小烦恼,有这样那样的特点的平平常常的人;但却是一个心地善良、厚道、不会玩弄任何花招的平常人。

她的一生也是颇为坎坷的,走的并不都是阳关大道。据她自己说,第一次世界大战前,德国人家里普遍都有金子,她家里也一样。大战一结束,德国发了疯似的通货膨胀,把她的一点点黄金都膨胀光了,成了无金阶级。到了第二次世界大战,她只是靠工资过日子。她对政治不感兴趣,她从来不赞扬希特勒,当然更不懂去反对他。由于种族偏见,犹太人她是反对的,但也说不上是"积极分子",只是随大流而已。她在乡下没有关系户,食品同我一样短缺。在大战中间,她丈夫饿得从一个大胖子变成一个瘦子,终于离开了人世。老两口一生和睦相处,我从来没有听到他们俩拌过嘴,吵过架。老头一死,只剩下她孤零一人。儿子极少回来,屋子里空荡荡的。她心里是什么滋味,我不知道。从表面上来看,她只能同我这一个异邦的青年相依为命了。

战争到了接近尾声的时候,日子越来越难过。不但食品短缺,连燃料也无法弄到。哥廷根市政府俯顺民情,决定让居民到山上去砍伐树木。在这里也可以看到德国人办事之细致、之有条不紊、之遵守法纪。政府工作人员在茫茫的林海中划出了一个可以砍伐的地区，把区内的树逐一检查，可以砍伐者画上红圈。砍伐没有红圈的树，要受到处罚。女房东家里没有劳动力，我当然当仁不让，陪她上山，砍了一天树，运下山来，运到一个木匠家里，用机器截成短段，然后运回家来，贮存在地下室里，供取暖之用。由于那一个木匠态度非常坏，我看不下去，同他吵了一架。他过后到我家来，表示歉意。我觉得，这不过是小事一端，一笑置之而已。

我的女房东是一个平常人，当然不能免俗。当年德国社会中非常重视学衔，说话必须称呼对方的头衔。对方是教授，必须呼之为"教授先生"；对方是博士，必须呼之为"博士先生"。不这样，就显得有点不礼貌。女房东当然不会是例外。我通过了博士口试以后，当天晚上"汇报"时，她突然笑着问我："我从今以后是不是要叫你'博士先生'？"我真是大吃一惊，这是我万万没有想到的。我连忙说："完全没有必要！"她也不再坚持，仍然照旧叫我"季先生"！我称她为"欧朴尔太太"！相安无事。

一想到我的母亲般的女房东，我就回忆联翩。在漫长的十年中，我们晨夕相处，从来没有任何矛盾。值得回忆的事情实在太多太多了；即使回忆困难时期的情景，这回忆也仍然是甜蜜的。这些回忆一时是写不完的。因此我也就不再写下去了。

离开德国以后,在瑞士停留期间,我曾给女房东写过几次信。回国以后,在北平,我费了千辛万苦,弄到了一罐美国咖啡,大喜若狂。我知道,她同许多德国人一样,嗜咖啡若命。我连忙跑到邮局,把邮包寄走,期望它能越过千山万水,送到老太太手中,让她在孤苦伶仃的生活中获得一点喜悦。我不记得收到了她的回信。到了20世纪50年代,"海外关系"成了十分危险的东西。我再也不敢写信给她,从此便云天渺茫,互不相闻。正如杜甫所说的"明日隔山岳,世事两茫茫"了。

1983年,在离开哥廷根将近四十年之后,我又回到了我的第二故乡。我特意挤出时间,到我的故居去看了看。房子整洁如故,四十年漫长岁月的痕迹一点也看不出来。我走上三楼,我的住房门外的铜牌上已经换了名字。我也无从打听女房东的下落,她恐怕早已离开了人世,同她丈夫一起,静卧在公墓的一个角落里。我回首前尘,百感交集。人生本来就是这样,我有什么办法呢?我只有虔心祷祝她那在天之灵——如果有的话——永远安息。

03

短的是岁月，
长的是真情

母与子

一想到故乡,就想到一个老妇人。我自己也觉得奇怪:干皱的面纹,霜白的乱发,眼睛因为流泪多了镶着红肿的边,嘴瘪了进去。这样一张面孔,看了不是很该令人不适意的吗?为什么它总霸占住我的心呢?但是再一想到,我是在怎样的一个环境里遇到了这老妇人,便立刻知道,她不但现在霸占住我的心,而且要永远地霸占住了。

现在回忆起来,还恍如眼前的事。——去年的初秋,因为母亲的死,我在火车里闷了一天,在长途汽车里又颠荡了一天以后,又回到八年没曾回过的故乡去。现在已经不能确切地记得是什么时候,只记得才到故乡的时候,树丛里还残留着一点浮翠;当我离开的时候就只有淡远的长天下一片凄凉的黄雾了。就在这浮翠里，我踏上印着自己童年游踪的土地。当我从远处看到自己的在烟云笼罩下的小村的时候，想到死去的母亲就躺在这烟云里的某一个角落里，我不能描写我的心情。像一团烈焰在心里烧着，又像严冬的厚冰积在心头。我迷惘地撞进了自己的家。在泪光里看着一切都在浮动。我更不能描写当我看到母亲的棺材时的心情。几次在梦里接受了母亲的微笑，现在微笑的人却已经睡在这木匣子里了。有谁有过同我一样的境遇的吗？他大概知道我的心是怎样绞痛了。我哭，我哭到一直不知道自己是在哭。渐渐地听到四周有嘈杂的人声围绕着我，似乎都在劝解我。都叫着我的乳名，自己听了，在冰冷的心里也似乎得到了点温热。又经过了许久，我才睁开眼。看到了许多以前熟悉现在都变了但也还能认得出来的面孔。除了自己家里的大娘婶子以外，我就看到了这个老妇人：干皱的面纹，霜白的乱发，眼睛因为流泪多了镶着红肿的边，嘴瘪了进去……

她就用这瘪了进去的嘴，一凹一凹地似乎对我说着什么话。我只听到絮絮的扯不断拉不断仿佛念咒似的低声，并没有听清她对我说的什么。等到阴影渐渐地从窗外爬进来，我从窗棂里看出去，小院里也织上了一层朦胧的暗色。我似乎比以前清楚了点，看到眼前仍然挤着许多人。在阴影里，每个人摆着一张阴暗苍白的面孔,却看不到这一凹一凹的嘴了。一打听,才知道,她就是同村的算起来比我长一辈的,应该叫大娘之类的,在我小时候也曾抱我玩过的一个老妇人。

以后,我过的是一段极端痛苦的日子。母亲的死使我对一切都灰心。以前也曾自己吹起过幻影:怎样在十几年的漂泊生活以后,回到故乡来,听到母亲的一声含有温热的呼唤,仿佛饮一杯甘露似的,给疲惫的心加一点生气,然后再冲到人世里去。现在这幻影终于证实了是个幻影,我现在是处在怎样一个环境里呢?——寂寞冷落的屋里,墙上满布着灰尘和蛛网。正中放着一个大而黑的木匣子。这匣子装走了我的母亲,也装走了我的希望和幻影。屋外是一个用黄土堆成的墙围绕着的天井。墙上已经有了几处倾地的缺口,上面长着乱草。从缺口里看出去是另一片黄土的墙,黄土的屋顶,黄土的街道,接连着枣树林里的一片淡淡的还残留着点绿色的黄雾,枣林的上面是初秋阴沉的也有点黄色的长天。我的心也像这许多黄的东西一样黄,也一样阴沉。一个丢掉希望和幻影的人,不也正该丢掉生趣吗?

我的心,虽然像黄土一样黄,却不能像黄土一样安定。我被圈在这样一个小的天井里:天井的四周都栽满了树。榆树最多,也有桃树和梨树。每棵树上都有母亲亲自砍伐的痕迹。在给烟熏黑了的小厨房里，还有母亲没死前吃剩的半个茄子，半棵葱。吃饭用的碗筷，随时用的手巾，都印有母亲的手泽和口泽。在地上的每一块砖上，每一块土上，母亲在活着的时候每天不知道要踏过多少次。这活着，并不渺远，一点都不；只不过是十天前。十天算是怎样短的一个时间呢？然而不管怎样短，就在十天后的现在，我却只看到母亲躺在这黑匣子里。看不到，永远也看不到，母亲的身影再在榆树和桃树中间，在这砖上，在黄的墙、黄的枣林、黄的长天下游动了。

虽然白天和夜仍然交替着来，我却只觉到有夜。在白天，我有颗夜的心。在夜里，夜长，也黑，长得莫明其妙，黑得更莫明其妙；更黑的还是我的心。我枕着母亲枕过的枕头，想到母亲在这枕头上想到她儿子的时候不知道流过多少泪，现在却轮到我枕着这枕头流泪了。凄凉零乱的梦萦绕在我的四周，我睡不熟。在朦胧里睁开眼睛，看到淡淡的月光从门缝里流进来，反射在黑漆的棺材上的清光。在黑影里，又浮起了母亲的凄冷的微笑。我的心在战栗，我渴望着天明。但夜更长，也更黑，这漫漫的长夜什么时候过去呢？我什么时候才能看到天光呢？

时间终于慢慢地走过去。——白天里悲痛袭击着我，夜间里黑暗压住了我的心。想到故都学校里的校舍和朋友,恍如回望云天里的仙阙,又像捉住了一个荒诞的古代的梦。眼前仍然是一片黄土色。每天接触到的仍然是一张张阴暗灰白的面孔。他们虽然都用天真又单纯的话和举动来对我表示亲热,但他们哪能了解我这一腔的苦水呢?我感觉到寂寞。

就在这时候,这老妇人每天总到我家里来看我。仍然是干皱的面纹,霜白的乱发,眼睛镶着红肿的边,嘴瘪了进去。就用瘪了进去的嘴一凹一凹地絮絮地说着话,以前我总以为她说的不过是同别人一样的劝解我的话,因为我并没曾听清她说的什么。现在听清了,才知道从这一凹一凹的嘴里发出的并不是我想的那些话。她老向我问着外面的事情,尤其很关心地问着军队的事情。对于我母亲的死却一句也不提。我觉得很奇怪。我不明了她的用意。我在当时那种心情之下,有什么心绪同她闲扯呢?当她絮絮地扯不断拉不断地仿佛念咒似的说着话的时候,我仍然看到母亲的面影在各处飘,在榆树旁,在天井里,在墙角的阴影里。寂寞和悲哀仍然霸占住我的心。我有时也答应她一两句。她于是就絮絮地说下去,说,她怎样有一个儿子,她的独子,三年前因为在家没有饭吃,偷跑了出去当兵。去年只接到了他的一封信,说是不久就要开到不知道哪里去打仗。到现在又一年没信了。留下一个媳妇和一个孩子。（说着指了指偎她身旁的一个肮脏的拖着鼻涕的小孩。）家里又穷，几年来年成又不好，媳妇时常哭……问我知道不知道他在什么地方。说着，在叹了几口气以后，晶莹的泪点顺着干皱的面纹流下来，流过一凹一凹的嘴，落到地上去了。我知道，悲哀怎样啃着这老妇人的心。本来需要安慰的我也只好反过头来，安慰她几句，看她领着她的孙子沿着黄土的路踽踽地走去的渐渐消失的背影。

接连着几天的过午，她总领着她孙子来看我。她这孙子实在不高明，肮脏又淘气。他死死地缠住她。但是她却一点都不急躁。看着她孙子的拖着鼻涕的面孔，微笑就浮在她这瘪了进去的嘴旁。拍着他，嘴里哼着催眠曲似的歌。我知道，这单纯的老妇人怎样在她孙子身上发见了她儿子。她仍然絮絮地问着我，关于外面军队里的事情。问我知道她儿子在什么地方不。我也很想在谈话间隔的时候，问她一问我母亲活着时的情形，好使我这八年不见面的渴望和悲哀的烈焰消熄一点。她却只"唔唔"两声支吾过去，仍然絮絮地扯不断拉不断地仿佛念咒似的自己低语着，说她儿子小的时候怎样淘气，有一次，他打碎一个碗，她打了他一掌，他哭得真凶呢。大了怎样不正经做活。说到高兴的地方，也有一线微笑掠过这干皱的脸。最后，又问我知道她儿子在什么地方不。我发见了这老妇人出奇的固执。我只好再安慰她两句。在黄昏的微光里，送她出去。眼看着她领着她的孙子在黄土道上踽踽地凄凉地走去。暮色压在她的微驼的背上。

就这样，有几个寂寞的过午和黄昏就度过了。间或有一两天，这老妇人因为有事没来看我。我自己也受不住寂寞的袭击，常出去走走。紧靠着屋后是一个大坑，汪洋一片水，有外面的小湖那样大。是秋天，前面已经说过。坑里丛生着的芦草都顶着白茸茸的花。望过去，像一片银海。芦花的里面是水。从芦花稀处，也能看到深碧的水面。我曾整个过午坐在这水边的芦花丛里，看水面反射的静静的清光。间或有一两条小鱼冲出水面来喋喋着。一切都这样静。母亲的面影仍然浮动在我眼前。我想到童年时候怎样在这里洗澡；怎样在夏天里，太阳出来以前，水面还发着蓝黑色的时候，沿着坑边去摸鸭蛋；倘若摸到一个的话，拿给母亲看的时候，母亲的微笑怎样在当时的童稚的心灵里开成一朵花；怎样又因为淘气，被母亲在后面追打着，当自己被逼紧了跳下水去站在水里回头看岸上的母亲的时候，母亲却因了这过分顽皮的举动，笑了，自己也笑。……然而这些美丽的回忆，却随了母亲给死吞噬了去。只剩了一把两把的眼泪。我要问，母亲怎么会死了？我究竟是什么东西？但一切都这样静。我眼前闪动着各种的幻影。芦花流着银光，水面上反射着青光，夕阳的残晖照在树梢上发着金光：这一切都混杂地搅动在我眼前，像一串串的金星，又像迸发的火花。里面仍然闪动着母亲的面影，也是一串串地，——我忘记了自己，忘记了一切，像浮在一个荒诞的神话里，踏着暮色走回家了。

有时候，我也走到场里去看看。豆子谷子都从田地里用牛车拖了来，堆成一个个小山似的垛。有的也摊开来在太阳里晒着。老牛拖着石碾在上面转，有节奏地摆动着头。驴子也摇着长耳朵在拖着车走。在正午的沉默里，只听到豆荚在阳光下开裂时毕剥的响声，和柳树下老牛的喘气声。风从割净了庄稼的田地里吹了来，带着土的香味。一切都沉默。这时候，我又往往遇到这个老妇人，领着她的孙子，从远远的田地里顺着一条小路走了来，手里间或拿着几支玉蜀黍秸。霜白的发被风吹得轻微地颤动着。一见了我，红肿的眼睛里也立刻仿佛有了光辉。站住便同我说起话来。嘴一凹一凹地说过了几句话以后，立刻转到她的儿子身上。她自己又低着头絮絮地扯不断拉不断地仿佛念咒似的说起来。又说到她儿子小的时候怎样淘气。有一次他摔碎了一个碗，她打了他一掌，他哭得真凶呢。他大了又怎样不正经做活。说到高兴的地方，干皱的脸上仍然浮起微笑。接着又问到我外面军队上的情形，问我知道他在什么地方、见过他没有。她还要我保证，他不会被人打死的。我只好再安慰安慰她，说我可以带信给他，叫他家来看她。我看到她那一凹一凹的干瘪的嘴旁又浮起了微笑。旁边看的人，一听到她又说这一套，早走到柳荫下看牛去了。我打发她走回家去，仍然让沉默笼罩着这正午的场。

　　这样也终于没能延长多久，在由一个乡间的阴阳先生按着什么天干地支找出的所谓"好日子"的一天，我从早晨就穿了白布袍子，听着一个人的暗示。他暗示我哭，我就伏在地上咧开嘴号啕地哭一阵，正哭得淋漓的时候，他忽然暗示我停止，我也只好立刻收了泪。在收了泪的时候，就又可以从泪光里看来来往往的各样的吊丧的人，也就号啕过几场，又被一个人牵着东走西走。跪下又站起，一直到自己莫名其妙，这才看到有几十个人去抬母亲的棺材了。——这里，我不愿意，实在是不可能，说出我看到母亲的棺材被人抬动时的心痛。以前母亲的棺材在屋里，虽然死仿佛离我很远，但只隔一层木板里面就躺着母亲。现在却被抬到深的永恒黑暗的洞里去了。我脑筋里有点糊涂。跟了棺材沿着坑走过了一段长长的路，到了墓地。又被拖着转了几个圈子……不知怎样脑筋里一闪，却已经给人拖到家里来了。又像我才到家时一样，渐渐听到四周有嘈杂的人声围绕着我，似乎又在说着同样的话。过了一会儿，我才听到有许多人都说着同样的话，里面杂着絮絮的扯不断拉不断的仿佛念咒似的低语。我听出是这老妇人的声音，但却听不清她说的什么，也看不到她那一凹一凹的嘴了。

在我清醒了以后，我看到的是一个变过的世界。尘封的屋里，没有了黑亮的木匣子。我觉得一切都空虚寂寞。屋外的天井里，残留在树上的一点浮翠也消失到不知哪儿去了。草已经都转成黄色，耸立在墙头上，在秋风里打战。墙外一片黄土的墙更黄；黄土的屋顶，黄土的街道也更黄；尤其黄的是枣林里的一片黄雾，接连着更黄更黄的阴沉的秋的长天。但顶黄顶阴沉的却仍然是我的心。一个对一切都感到空虚和寂寞的人，不也正该丢掉希望和幻影吗？

又走近了我的行期。在空虚和寂寞的心上，加上了一点绵绵的离情。我想到就要离开自己漂泊的心所寄托的故乡。以后，闻不到土的香味，看不到母亲住过的屋子、母亲的墓，也踏不到母亲曾经踏过的地。自己心里说不出是什么味。在屋里觉得窒息，我只好出去走走。沿着屋后的大坑踱着。看银耀的芦花在过午的阳光里闪着光，看天上的流云，看流云倒在水里的影子。一切又都这样静。我看到这老妇人从穿过芦花丛的一条小路上走了来。霜白的乱发，衬着霜白的芦花，一片辉耀的银光。极目苍茫微明的云天在她身后伸展出去，在云天的尽头，还可以看到一点点的远村。这次没有领着她的孙子。神气也有点匆促，但掩不住干皱的面孔上的喜悦。手里拿着有一点红颜色的东西，递给我，是一封信。除了她儿子的信以外，她从没接到过别人的信。所以，她虽然不认字，也可以断定这是她儿子的信。因为村里人没有能念信的，于是赶来找我。她站在我面前，脸上充满了微笑；红肿的眼里也射出喜悦的光，瘪了进去的嘴仍然一凹一凹地动着，但却没有絮絮的念咒似的低语了。信封上的红线因为淋过雨扩成淡红色的水痕。看邮戳，却是半年前在河南南部一个做过战场的县城里寄出的。地址也没写对，所以经过许多时间的辗转。但也居然能落到这老妇人手里。我的空虚的心里，也因了这奇迹，有了点生气。拆开看，寄信人却不是她儿子，是另一个同村的跑去当兵的。大意说，她儿子已经阵亡了，请她找一个人去运回他的棺材。——我的手战栗起来。这不正给这老妇人一个致命的打击吗？我抬眼又看到她脸上抑压不住的微笑。我知道这老人是怎样切望得到一个好消息。我也知道，倘若我照实说出来，会有怎样一幅悲惨的景象展开在我眼前。我只好对她说，她儿子现在很好，已经升了官，不久就可以回家来看她。她喜欢得流下眼泪来。嘴一凹一凹地动着,她又扯不断拉不断地絮絮地对我说起来。不厌其详地说到她儿子各样的好处;怎样她昨天夜里还做了一个梦,梦着他回来。我看到这老妇人把信揣在怀里转身走去的渐渐消失的背影,我再能说什么话呢?

第二天,我便离开我故乡里的小村。临走,这老妇人又来送我。领着她的孙子,脸上堆满了笑意。她不管别人在说什么话,总絮絮地扯不断拉不断地仿佛念咒似的自己低语着。不厌其详地说到她儿子的好处,怎样她昨天夜里还做了一个梦,梦见她儿子回来,她儿子已经升成了官了。嘴一凹一凹地急促地动着。我身旁的送行人的脸色渐渐有点露出不耐烦,有的也就躲开了。我偷偷地把这信的内容告诉别人,叫他在我走了以后慢慢地转告给这老妇人。或者简直就不告诉她。因为,我想,好在她不会再有许多年的活头,让她抱住一个希望到坟墓里去吧。当我离开这小村的一刹那,我还看到这老妇人的眼睛里的喜悦的光辉,干皱的面孔上浮起的微笑。……

不一会儿,回望自己的小村,早在云天苍茫之外,触目尽是长天下一片凄凉的黄雾了。

在颠簸的汽车里,在火车里,在驴车里,我仍然看到这圣洁的光辉，圣洁的微笑，那老妇人手里拿着那封信。我知道，正像装走了母亲的大黑匣子装走了我的希望和幻影，这封信也装走了她的希望和幻影。我却又把这希望和幻影替她拴在上面，虽然不知道能拴得久不。

经过了萧瑟的深秋，经过了阴暗的冬，看死寂凝定在一切东西上。现在又来了春天。回想故乡的小村，正像在故乡里回想到故都一样。恍如回望云天里的仙阙，又像捉住了一个荒诞的古代的梦了。这个老妇人的面孔总在我眼前盘桓：干皱的面纹，霜白的乱发，眼睛因为流泪多了镶着红肿的边，嘴瘪了进去。又像看到她站在我面前，絮絮地扯不断拉不断地仿佛念咒似的低语着，嘴一凹一凹地在动。先仿佛听到她向我说，她儿子小的时候怎样淘气，怎样有一次他摔碎了一个碗，她打了他一巴掌，他哭。又仿佛看到她手里拿着一封雨水渍过的信，脸上堆满了微笑，说到她儿子的好处，怎样她做了一个梦，梦着他回来……然而，我却一直没接到故乡里的来信。我不知道别人告诉她她儿子已经死了没有，倘若她仍然不知道的话，她愿意把自己的喜悦说给别人，却没有人愿意听。没有我这样一个忠实的听者，她不感到寂寞吗？倘若她已经知道了，我能想象，大的晶莹的泪珠从干皱的面纹里流下来，她这瘪了进去的嘴一凹一凹的，她在哭，她又哭晕了过去……不知道她现在还活在人间没有？——我们同样都是被厄运踏在脚下的苦人，当悲哀正在啃着我的心的时候，我怎忍再看你那老泪浸透你的面孔呢？请你不要怨我骗你吧，我为你祝福！

1934 年 4 月 1 日

寻梦

夜里梦到母亲,我哭着醒来。醒来再想捉住这梦的时候,梦却早不知道飞到什么地方去了。

我瞪大了眼睛看着黑暗,一直看到只觉得自己的眼睛在发亮。眼前飞动着梦的碎片,但当我想把这些梦的碎片捉起来凑成一个整体的时候,连碎片也不知道飞到什么地方去了。眼前剩下的就只有母亲依稀的面影……

在梦里向我走来的就是这面影。我只记得,当这面影才出现的时候,四周灰蒙蒙的,母亲仿佛从云堆里走下来。脸上的表情有点同平常不一样,像笑,又像哭。但终于向我走来了。

我是在什么地方呢?这连我自己也有点弄不清楚。最初我觉得自己是在现在住的屋子里。母亲就这样一推屋角上的小门，走了进来。桔黄色的电灯罩的穗子就罩在母亲头上。于是我又想了开去，想到哥廷根的全城：我每天去上课走过的两旁有惊人的粗的橡树的古旧的城墙，斑驳陆离的灰黑色的老教堂，教堂顶上的高得有点古怪的尖塔，尖塔上面的晴空。

然而，我的眼前一闪，立刻闪出一片芦苇，芦苇的稀薄处还隐隐约约地射出了水的清光。这是故乡里屋后面的大苇坑。于是我立刻觉到，不但我自己是在这苇坑的边上，连母亲的面影也是在这苇坑的边上向我走来了。我又想到，当我童年还没有离开故乡的时候，每个夏天的早晨，天还没亮，我就起来，沿了这苇坑走去，很小心地向水里面看着。当我看到暗黑的水面下有什么东西在发着白亮的时候，我伸下手去一摸，是一只白而且大的鸭蛋。我写不出当时快乐的心情。这时再抬头看，往往可以看到对岸空地里的大杨树顶上正有一抹淡红的朝阳——两年前的一个秋天，母亲就静卧在这杨树的下面，永远地，永远地。现在又在靠近杨树的坑旁看到她生前八年没见面的儿子了。

但随了这苇坑闪出的却是一枝白色灯笼似的小花，而且就在母亲的手里。我真想不出故乡里什么地方有过这样的花。我终于又想了回来，想到哥廷根，想到现在住的屋子，屋子正中的桌子上两天前房东曾给摆上这样一瓶花。那么，母亲毕竟是到哥廷根来过了，梦里的我也毕竟在哥廷根见过母亲了。

想来想去，眼前的影子渐渐乱了起来。教堂尖塔的影子套上了故乡的大苇坑。在这不远的后面又现出一朵朵灯笼似的白花。在这一些的前面若隐若现的是母亲的面影。我终于也不知道究竟在什么地方看到的母亲了。我努力压住思绪，使自己的心静了下来，窗外立刻传来潺潺的雨声，枕上也觉得微微有寒意。我起来拉开窗幔，一缕清光透进来。我向外怅望，希望发现母亲的足踪。但看到的却是每天看到的那一排窗户，现在都沉在静寂中，里面的梦该是甜蜜的吧！

但我的梦却早飞得连影都没有了，只在心头有一线白色的微痕，蜿蜒出去，从这异域的小城一直到故乡大杨树下母亲的墓边；还在暗暗地替母亲担着心：这样的雨夜怎能跋涉这样长的路来看自己的儿子呢？此外，眼前只是一片空濛，什么东西也看不到了。

天哪！连一个清清楚楚的梦都不给我吗？我怅望灰天，在泪光里，幻出母亲的面影。

1936 年 7 月 11 日于哥廷根

月是故乡明

每个人都有个故乡，人人的故乡都有个月亮。人人都爱自己故乡的月亮。事情大概就是这个样子。

但是，如果只有孤零零一个月亮，未免显得有点孤单。因此，在中国古代诗文中，月亮总有什么东西当陪衬，最多的是山和水，什么"山高月小""三潭印月"等等，不可胜数。

我的故乡是在山东西北部大平原上。我小的时候，从来没有见过山，也不知山为何物，我曾幻想，山大概是一个圆而粗的柱子吧，顶天立地，好不威风。以后到了济南，才见到山，恍然大悟：山原来是这个样子呀。因此，我在故乡里望月，从来不同山联系。像苏东坡说的"月出于东山之上，徘徊于斗牛之间",完全是我无法想象的。

　　至于水,我的故乡小村却大大地有。几个大苇坑占了小村面积一多半。在我这个小孩子眼中,虽不能像洞庭湖"八月湖水平"那样有气派,但也颇有一点烟波浩渺之势。到了夏天,黄昏以后,我在坑边的场院里躺在地上,数天上的星星。有时候在古柳下面点起篝火,然后上树一摇,成群的知了飞落下来。比白天用嚼烂的麦粒去粘要容易得多。我天天晚上乐此不疲,天天盼望黄昏早早来临。

　　到了更晚的时候,我走到坑边,抬头看到晴空一轮明月,清光四溢,与水里的那个月亮相映成趣。我当时虽然还不懂什么叫诗兴,但也顾而乐之,心中油然有什么东西在萌动。有时候在坑边玩很久,才回家睡觉。在梦中见到两个月亮叠在一起,清光更加晶莹澄澈。第二天一早起来,到坑边苇子丛里去捡鸭子下的蛋,白白地一闪光,手伸向水中,一摸就是一个蛋。此时更是乐不可支了。

　　我只在故乡待了六年,以后就离乡背井,飘泊天涯。在济南住了十多年,在北京度过四年,又回到济南待了一年。然后在欧洲住了近十一年,重又回到北京,到现在已经四十多年了。在这期间,我曾到过世界上将近三十个国家。我看过许许多多的月亮。在风光旖旎的瑞士莱芒湖上,在平沙无垠的非洲大沙漠中,在碧波万顷的大海中,在巍峨雄奇的高山上,我都看到过月亮,这些月亮应该说都是美妙绝伦的,我都异常喜欢。但是,看到它们,我立刻就想到我故乡中那个苇坑上面和水中的那个小月亮。对比之下,无论如何我也感到,这些广阔世界的大月亮,万万比不上我那心爱的小月亮。不管我离开我的故乡多少万里,我的心立刻就飞来了。我的小月亮,我永远忘不掉你!

我现在已经年近耄耋,住的朗润园是燕园胜地。夸大一点说,此地有茂林修竹,绿水环流,还有几座土山,点缀其间。风光无疑是绝妙的。前几年,我从庐山休养回来,一个同在庐山休养的老朋友来看我。他看到这样的风光,慨然说:"你住在这样的好地方,还到庐山去干吗呢!"可见朗润园给人印象之深。此地既然有山,有水,有树,有竹,有花,有鸟,每逢望夜,一轮当空,月光闪耀于碧波之上,上下空濛,一碧数顷,而且荷香远溢,宿鸟幽鸣,真不能不说是赏月胜地。荷塘月色的奇景,就在我的窗外。不管是谁来到这里,难道还能不顾而乐之吗?

然而,每值这样的良辰美景,我想到的却仍然是故乡苇坑里的那个平凡的小月亮。见月思乡,已经成为我经常的经历。思乡之病,说不上是苦是乐,其中有追忆,有惆怅,有留恋,有惋惜。流光如逝,时不再来。在微苦中实有甜美在。

　　月是故乡明。我什么时候能够再看到我故乡里的月亮啊!我怅望南天,心飞向故里。

1989 年 11 月 3 日

赋得永久的悔

题目是韩小蕙女士出的,所以名之曰"赋得"。但文章是我心甘情愿做的,所以不是八股。

我为什么心甘情愿作这样一篇文章呢?一言以蔽之,题目出得好,不但实获我心,而且先获我心:我早就想写这样一篇东西了。

我已经到了望九之年。在过去的七八十年中,从乡下到城里;从国内到国外;从小学、中学、大学到洋研究院;从"志于学"到超过"从心所欲不逾距",曲曲折折,坎坎坷坷,既走过阳关大道,也走过独木小桥;既经过"山重水复疑无路",又看到"柳暗花明又一村",喜悦与忧伤并驾,失望与希望齐飞,我的经历可谓多矣。要讲后悔之事,那是俯拾即是。要选其中最深切、最真实、最难忘的悔，也就是永久的悔，那也是唾手可得，因为它片刻也没有离开过我的心。

我这永久的悔就是：不该离开故乡，离开母亲。

我出生在鲁西北一个极端贫困的村庄里。我们家是贫中之贫，真可以说是贫无立锥之地。我祖父母早亡，留下了我父亲等三个兄弟，孤苦伶仃，无依无靠。最小的一叔送了人。我父亲和九叔饿得没有办法，只好到别人家的枣林里去捡落到地上的干枣充饥。这当然不是长久之计。最后兄弟俩被逼背乡离井，盲流到济南去谋生。此时他俩也不过十几二十岁。在举目无亲的大城市里，必然是经过千辛万苦，九叔在济南落住了脚。于是我父亲就回到了故乡，说是农民，但又无田可耕。又必然是经过千辛万苦，九叔从济南有时寄点钱回家，父亲赖以生活。不知怎么一来，竟然寻（读若 xín）上了媳妇，她就是我的母亲。母亲的娘家姓赵，门当户对，她家穷得同我们家差不多，否则也绝不会结亲。她家里饭都吃不上，哪里有钱、有闲上学。所以我母亲一个字也不识，活了一辈子，连个名字都没有。她家是在另一个庄上，离我们庄五里路。这个五里路就是我母亲毕生所走的最长的距离。

北京大学那一位"老佛爷"要"打"成"地主"的人，

也就是我，就出生在这样一个家庭里，就有这样一位母亲。

后来我听说，我们家确实也"阔"过一阵。大概在清末民初，九叔在东三省用口袋里剩下的最后的五角钱，买了十分之一的湖北水灾奖券，中了奖。兄弟俩商量，要"富贵而归故乡"，回家扬一下眉，吐一下气。于是把钱运回家，九叔仍然留在城里，乡里的事由父亲一手张罗。他用荒唐离奇的价钱，买了砖瓦，盖了房子。又用荒唐离奇的价钱，置了一块带一口水井的田地。一时兴会淋漓，真正扬眉吐气了。可惜好景不长，我父亲又用荒唐离奇的方式，仿佛宋江一样，豁达大度，招待四方朋友。一转瞬间，盖成的瓦房又拆了卖砖，卖瓦。有水井的田地也改变了主人。全家又回归到原来的情况。我就是在这个时候，在这样的情况下降生到人间来的。

母亲当然亲身经历了这个巨大的变化。可惜，当我同母亲住在一起的时候，我只有几岁，告诉我，我也不懂。所以，我们家这一次陡然上升，又陡然下降，只像是昙花一现，我到现在也不完全明白。这个谜恐怕要成为永恒的谜了。

不管怎样，我们家又恢复到从前那种穷困的情况。后来听人说，我们家那时只有半亩多地。这半亩多地是怎么来的，我也不清楚。一家三口人就靠这半亩多地生活。城里的九叔当然还会给点接济，然而像中湖北水灾奖那样的事儿，一辈子有一次也不算少了，九叔没有多少钱接济他的哥哥了。

　　家里日子是怎样过的，我年龄太小，说不清楚。反正吃得极坏，这个我是懂得的。按照当时的标准，吃"白的"（指麦子面）最高，其次是吃小米面或棒子面饼子，最次是吃红高粱饼子，颜色是红的，像猪肝一样。"白的"与我们家无缘。"黄的"（小米面或棒子面饼子颜色都是黄的）与我们缘分也不大。终日为伍者只有"红的"。这"红的"又苦又涩，真是难以下咽。但不吃又害饿，我真有点谈"红"色变了。

　　但是，小孩子也有小孩子的办法。我祖父的堂兄是一个举人，他的夫人我喊她奶奶。他们这一支是有钱有地的。虽然举人死了，但家境依然很好。我这一位大奶奶仍然健在。她的亲孙子早亡，所以把全部的钟爱都倾注到我身上来。她是整个官庄能够吃"白的"的仅有的几个人中之一。她不但自己吃，而且每天都给我留出半个或者四分之一个白面馍馍来。我每天早晨一睁眼，立即跳下炕来向村里跑，我们家住在村外。我跑到大奶奶跟前，清脆甜美地喊上一声："奶奶！"她立即笑得合不上嘴，把手缩回到肥大的袖子，从口袋里掏出一小块馍馍,递给我,这是我一天最幸福的时刻。

此外,我也偶尔能够吃一点"白的",这是我自己用劳动换来的。一到夏天麦收季节,我们家根本没有什么麦子可收。对门住的宁家大婶子和大姑——她们家也穷得够呛——就带我到本村或外村富人的地里去"拾麦子"。所谓"拾麦子"就是别家的长工割过麦子,总还会剩下那么一点点麦穗,这些都是不值得一捡的,我们这些穷人就来"拾"。因为剩下的绝不会多,我们拾上半天,也不过拾半篮子;然而对我们来说,这已经是如获至宝了。一定是大婶和大姑对我特别照顾,以一个四五岁、五六岁的孩子,拾上一个夏天,也能拾上十斤八斤麦粒。这些都是母亲亲手搓出来的。为了对我加以奖励,麦季过后,母亲便把麦子磨成面,蒸成馍馍,或贴成白面饼子,让我解解馋。我于是就大快朵颐了。

记得有一年,我拾麦子的成绩也许是有点"超常"。到了中秋节——农民嘴里叫"八月十五"——母亲不知从哪里弄了点月饼,给我掰了一块,我就蹲在一块石头旁边,大吃起来。在当时,对我来说,月饼可真是神奇的好东西,龙肝凤髓也难以比得上的,我难得吃上一次。

我当时并没有注意,母亲是否也在吃。现在回想起来,她根本一口也没有吃。不但是月饼,连其他"白的",母亲从来都没有尝过,都留给我吃了。她大概是毕生就与红色的高粱饼子为伍。到了俭年,连这个也吃不上,那就只有吃野菜了。

至于肉类,吃的回忆似乎是一片空白。我姥娘家隔壁是一家卖煮牛肉的作坊。给农民劳苦耕耘了一辈子的老黄牛,到了老年,耕不动了,几个农民便以极其低的价钱买来,用极其野蛮的办法杀死,把肉煮烂,然后卖掉。老牛肉难煮,实在没有办法,农民就在肉锅里小便一通,这样肉就好烂了。农民心肠好,有了这种情况,就昭告四邻:"今天的肉你们别买!"姥娘家穷,虽然极其疼爱我这个外孙,也只能用土罐子,花几个制钱,装一罐子牛肉汤,聊胜于无。记得有一次,罐子里多了一块牛肚子。这就成了我的专利。我舍不得一气吃掉,就用生了锈的小铁刀,一块一块地割着吃,慢慢地吃。这一块牛肚真可以同月饼媲美了。

"白的"、月饼和牛肚难得,"黄的"怎样呢?"黄的"也同样难得。但是,尽管我只有几岁,我却也想出了办法。到了春、夏、秋三个季节,庄外的草和庄稼都长起来了。我就到庄外去割草,或者到人家高粱地里去劈高粱叶。劈高粱叶，田主不但不禁止，而且还欢迎；因为叶子一劈，通风情况就能改进，高粱长得就能更好，粮食打得就能更多。草和高粱叶都是喂牛用的。我们家穷，从来没有养过牛。我二大爷家是有地的，经常养着两头大牛。我这草和高粱叶就是给它们准备的。每当我这个不到三块豆腐干高的孩子背着一大捆草或高粱叶走进二大爷的大门，我心里有所恃而不恐，把草放在牛圈里，赖着不走，总能蹭上一顿"黄的"吃，不会被二大娘"捲"（我们那里的土话，意思是"骂"）出来。到了过年的时候，自己心里觉得，在过去的一年里，自己喂牛立了功，又有了勇气到二大爷家里赖着吃黄面糕。黄面糕是用黄米面加上枣蒸成的。颜色虽黄，却位列"白的"之上，因为一年只在过年时吃一次，"物以稀为贵"，于是黄面糕就贵了起来。

  我上面讲的全是吃的东西。为什么一讲到母亲就讲起吃的东西来了呢？原因并不复杂。第一，我作为一个孩子容易关心吃的东西。第二，所有我在上面提到的好吃的东西，几乎都与母亲无缘。除了"红的"以外，其余她都不沾边儿。我在她身边只待到六岁，以后两次奔丧回家，待的时间也很短。现在我回忆起来，连母亲的面影都是迷离模糊的，没有一个清晰的轮廓。特别有一点，让我难解而又易解：

我无论如何也回忆不起母亲的笑容来,她好像是一辈子都没有笑过。家境贫困,儿子远离,她受尽了苦难,笑容从何而来呢?有一次我回家听对面的宁大婶子告诉我说:"你娘经常说:'早知道送出去回不来,我无论如何也不会放他走的!'"简短的一句话里面含着多少辛酸、多少悲伤啊!母亲不知有多少日日夜夜,眼望远方,盼望自己的儿子回来啊!然而这个儿子却始终没有归去,一直到母亲离开这个世界。

对于这个情况,我最初懵懵懂懂,理解得并不深刻。到了上高中的时候,自己大了几岁,逐渐理解了。但是自己寄人篱下,经济不能独立,空有雄心壮志,怎奈无法实现,我暗暗地下定了决心,立下誓愿:一旦大学毕业,自己找到工作,立即迎养母亲。然而没有等到我大学毕业,母亲就离开我走了,永远永远地走了。古人说:"树欲静而风不止,子欲养而亲不待。"这话正应到我身上,我不忍想象母亲临终时思念爱子的情况;一想到,我就会心肝俱裂,眼泪盈眶。当我从北平赶回济南,又从济南赶回清平奔丧的时候,看到了母亲的棺材,看到那简陋的屋子,我真想一头撞死在棺材上,随母亲于地下。我后悔,我真后悔,我千不该万不该离开了母亲。世界上无论什么名誉,什么地位,什么幸福,什么尊荣，都比不上待在母亲身边，即使她一个字也不识，即使整天吃"红的"。

这就是我的"永久的悔"。

1994年3月5日

寸草心

我已至望九之年，在这漫长的生命中，亲属先我而去的，人数颇多。俗话说："死人生活在活人的记忆里。"先走的亲属当然就活在我的记忆里。越是年老，想到他们的次数越多。想得最厉害的偏偏是几位妇女。因为我是一个激烈的女权卫护者吗？不是的。那么究竟原因何在呢？我说不清。反正事实就是这样。我只能说是因缘和合了。

我在下面依次讲四位妇女。前三位属于"寸草心"的范畴，最后一位算是借了光。

大奶奶

我的上一辈，大排行，共十一位兄弟。老大、老二，我叫他们"大大爷""二大爷",是同父同母所生。大大爷是个举人,做过一任教谕,官阶未必入流,却是我们庄最高的功名,最大的官,因此家中颇为富有。兄弟俩分家,每人还各得地五六十亩。后来被划为富农。老三、老四、老五、老六、老八、老十,我从未见过,他们父母生身情况不清楚,因家贫遭灾,闯了关东,黄鹤一去不复归矣。老七、老九、老十一,是同父同母所生,老七是我父亲。从小父母双亡,我从来没有见过我的祖父母。贫无立锥之地,十一叔送给了别人,改了姓。九叔也万般无奈被迫背井离乡,流落济南,好歹算是在那里立定了脚跟。我六岁离家,投奔的就是九叔。

所谓"大奶奶",就是举人的妻子。大大爷生过一个儿子,也就是说,大奶奶有过一个儿子。可惜在娶妻生子后就夭亡了。我从来没有见过他。因此,在我上一辈十一人中,男孩子只有我这一个独根独苗。在旧社会"不孝有三,无后为大"的环境中,我成了家中的宝贝,自是意中事。可能还有一些别的原因,在我六岁离家之前,我就成了大奶奶的心头肉,一天不见也不行。

我们家住在村外,大奶奶住在村内。有很长一段时间,我每天早晨一睁眼,滚下土炕,一溜烟就跑到村内,一头扑到大奶奶怀里。只见她把手缩进非常宽大的袖筒里,不知从什么地方拿出半块或一整个白面馒头,递给我。当时吃白面馒头叫作吃"白的",全村能每天吃"白的"的人,屈指可数,大奶奶是其中一个,季家全家是唯一的一个。对我这个连"黄的"(指小米面和玉米面)都吃不到,只能凑合着吃"红的"(红高粱面)的小孩子,"白的"简直就像是龙肝凤髓,是我一天望眼欲穿地最希望享受到的。

按年龄推算起来,从能跑路到离开家,大约是从三岁到六岁,是我每天必见大奶奶的时期,也是我一生最难忘怀的一段生活。我的记忆中往往闪出一株大柳树的影子。大奶奶弥勒佛似的端坐在一把奇大的椅子上。她身躯胖大,据说食量很大。有一次,家人给她炖了一锅肉。她问家里的人:"肉炖好了没有?给我盛一碗拿两个馒头来,我尝尝!"食量可见一斑。可惜我现在怎么样也挖不出吃肉的回忆。我不会没吃过的。大概我的最高愿望也不过是吃点"白的",超过这个标准,对我就如云天渺茫,连回忆都没有了。

可是我终于离开了大奶奶,以古稀或耄耋的高龄,失掉我这块心头肉,大奶奶内心的悲伤,完全可以想象。"遥怜小儿女,未解忆长安。"我只有六岁,稍有点不安,转眼就忘了。等我第一次从济南回家的时候,是送大奶奶入土的。从此我就永远失掉了大奶奶。

大奶奶会永远活在我的记忆中。

我的母亲

　　我是一个最爱母亲的人,却又是一个享受母爱最少的人。我六岁离开母亲,以后有两次短暂的会面,都是由于回家奔丧。最后一次是分离八年以后,又回家奔丧。这次奔的却是母亲的丧。回到老家,母亲已经躺在棺材里,连遗容都没能见上。从此,人天永隔,连回忆里母亲的面影都变得迷离模糊,连在梦中都见不到母亲的真面目了。这样的梦,我生平不知已有多少次。直到耄耋之年,我仍然频频梦到面目不清的母亲,总是老泪纵横,哭着醒来。对享受母亲的爱来说,我注定是一个永恒的悲剧人物了。奈之何哉!奈之何哉!

　　关于母亲,我已经写了很多,这里不想再重复。我只想写一件我决不相信其为真而又热切希望其为真的小事。

　　在清华大学念书时,母亲突然去世。我从北平赶回济南,又赶回清平,送母亲入土。我回到家里,看到的只是一个黑棺材,母亲的面容再也看不到了。有一天夜里,我正睡在里间的土炕上,一叔陪着我。中间隔一片枣树林的对门的宁大叔,径直走进屋内,绕过母亲的棺材,走到里屋炕前,把我叫醒,说他的老婆宁大婶"撞客"了——我们那里把鬼附人体叫作"撞客",撞的"客"就是我母亲。我大吃一惊,一骨碌爬起来,跌跌撞撞,跟着宁大叔,穿过枣林,来到他家。宁大婶坐在炕上,闭着眼睛,嘴里却不停地说着话,不是她说话,而是我母亲。一见我(毋宁说是一"听到我",因为她没有睁眼),就抓住我的手,说:"儿啊!你让娘想得好苦哇!离家八年,也不回来看看我。你知道,娘心里是什么滋味呀!"如此刺刺不休,说个不停。我仿佛当头挨了一棒,懵懵懂懂,不知所措。按理说,听到母亲的声音,我应当号啕大哭。然而,我没有,我似乎又清醒过来。我在潜意识中,连声问着自己:这是可能的吗?这是真事吗?我心里酸甜苦辣,搅成了一锅酱。我对"母亲"说:"娘啊!你不该来找宁大婶哪!你不该麻烦宁大婶哪!"我自己的声音传到我自己的耳朵里,一片空虚,一片淡漠。然而,我又不能不这样,我的那一点"科学"起了支配的作用。"母亲"连声说:"是呀!是呀!我要走了。"于是宁大婶睁开了眼睛,木然、愕然坐在土炕上。我回到自己家里,看到母亲的棺材,伏在土炕上,一直哭到天明。

　　我不能相信这是真的,但希望它是真的。倚间望子,望了八年,终于"看"到了自己心爱的独子,对母亲来说不也是一种安慰吗?但这是多么渺茫,多么神奇的一种安慰呀!

母亲永远活在我的记忆里。

我的婶母

这里指的是我九叔续弦的夫人。第一位夫人，虽然是把我抚养大的，我应当感谢她；但是，留给我的却不都是愉快的回忆。我写不出什么文章。

这一位续弦的婶母，是在1935年夏天我离开济南以后才同叔父结婚的，我并没见过她。到了德国写家信，虽然"敬禀者"的对象中也有"婶母"这个称呼，却对我来说是一个空洞的概念，一直到1947年，也就是说十二年以后，我从北平乘飞机回济南，才把概念同真人对上了号。

婶母（后来我们家里称她为"老祖"）是绝顶聪明的人，也是一个有个性有脾气的人。我初回到家，她是斜着眼睛看我的。这也难怪。结婚十几年了，忽然凭空冒出来了一个侄子。"他是什么人呢？好人？坏人？好不好对付？"她似乎有这样多问号。这是人之常情，不能怪她。

我却对她非常尊敬，她不是个一般的人。我离家十二年，我在欧洲经历了第二次世界大战，她在国内经历了日军占领和抗日战争。我是亲老、家贫、子幼。可是鞭长莫及。有五六年，音讯不通。上有老，下有小，叔父脾气又极暴烈，甚至有点乖戾，极难侍奉。有时候，经济没有来源，全靠她一个人支持。她摆过烟摊；到小市上去卖衣服家具；在日军刺刀下去领混合面；骑着马到济南南乡里去勘查田地，充当地牙子，赚点钱供家用；靠自己幼时所学的中医知识，给人看病。她以"少妻"的身份，对付难以对付的"老夫"。她的苦心至今还催我下泪。在这万分艰苦的情况下，她没让孙女和孙子失学，把他们抚养成人。总之，一句话，如果没有老祖，我们的家早就完了。我回到家里来也恐怕只能看到一座空房，妻离子散，叔父归天。

我自认还不是一个混人。我极重感情，决不忘恩。老祖的所作所为，我看到眼里，记在心中。回北平以后，给她写了一封长信，称她为"老季家的功臣"。听说，她很高兴。见了自己的娘家人，详细通报。从此，她再也不斜着眼睛看我了，我们两人之间的关系十分融洽，互相尊重。我们全家都尊敬她，热爱她，"老祖"这一个朴素简明的称号，就能代表我们全家人的心。

叔父去世以后，老祖同我的妻子彭德华从济南迁来北京。我们一起生活了将近三十年，从没有半点龃龉，总是你尊我敬。自从我六岁到济南以后，六七十年来，我们家从来没有吵过架，这是极为难得的。我看进入吉尼斯世界纪录，也不为过。老祖到我们家以后，我们能这样和睦，主要归功于她和德华两人，我在其中起的作用，微乎其微。以八十多的高龄，老祖身体健康，精神愉快，操持家务，全都靠她。我们只请了做小时工的保姆。老祖天天背着一个大黑布包，出去采买食品菜蔬，成为朗润园的美谈。老祖是非常满意的，告诉自己的娘家人说："这一家子都是很孝顺的。"可见她晚年心情之一斑。我个人也是非常满意的，我安享了二三十年的清福。老祖以九十岁的高龄离开人世。我想她是含笑离开的。

老祖永远活在我的记忆里。

1995 年 6 月 24 日

我的妻子

我在上面说过：德华不应该属于"寸草心"的范畴。她借了光。人世间借光的事情也是常有的。

我因为是季家的独根独苗，身上负有传宗接代的重大任务，所以十八岁就结了婚。父母之命，媒妁之言，自不在话下。德华长我四岁。对我们家来说，她真正做到了"毫不利己，专门利人"，一辈子勤勤恳恳，有时候还要含辛茹苦。上有公婆，下有稚子幼女，丈夫十几年不在家。公公又极难侍候，家里又穷,经济朝不保夕。在这些年,她究竟受了多少苦,她只是偶尔对我流露一点,我实在说不清楚。

德华天资不是太高,只念过小学,能认千八百字。当我念小学的时候,我曾偷偷地看过许多旧小说,什么《西游记》《封神演义》《彭公案》《施公案》《济公传》《七侠五义》《小五义》等等都看过。当时这些书对我来说是"禁书",叔叔称之为"闲书"。看"闲书"是大罪状,是绝对不允许的。但是,不但我,连叔父的女儿秋妹都偷偷地看过不少。她把小说中常见的词儿"飞檐走壁"念成"飞腾走壁",一时传为笑柄。可是,德华一辈子也没有看过任何一部小说,别的书更谈不上了。她没有给我写过一封信,她根本拿不起笔来。到了晚年,连早年能认的千八百字也都大半还给了老师,剩下的不太多了。因此,她对我一辈子搞的这一套玩意儿根本不知道是什么东西,有什么意义。她似乎从来也没有想知道过。在这方面,我们俩毫无共同的语言。

在文化方面,她就是这个样子。然而,在道德方面,她却是超一流的。上对公婆,她真正尽上了孝道;下对子女,她真正做到了慈母应做的一切;中对丈夫,她绝对忠诚,绝对服从,绝对爱护。她是一个极为难得的孝顺媳妇,贤妻良母。她对待任何人都是忠厚诚恳,从来没有说过半句闲话。她不会撒谎，我敢保证，她一辈子没有说过半句谎话。如果中国将来要修"二十几史"，而其中又有什么"妇女列传"或"闺秀列传"的话，她应该榜上有名。

　　1962年，老祖同德华从济南搬到北京来，我过单身汉生活数十年，现在总算是有了一个家。这也是德华一生的黄金时期，也是我一生最幸福的时候。我们家里和睦相处，你尊我让，从来没有吵过嘴。有时候家人朋友团聚，食前方丈，杯盘满桌，烹饪往往由她们二人主厨。饭菜上桌，众人狼吞虎咽，她们俩却往往是坐在一旁，笑眯眯地看着我们吃，脸上流露出极为怡悦的表情。对这样的家庭，一切赞誉之词都是无用的，都会黯然失色的。

　　我活到了八十多，参透了人生真谛。人生无常，无法抗御。我在极端的快乐中，往往心头闪过一丝暗影：天下无不散的筵席。我们家这一出十分美满的戏，早晚会有煞戏的时候。果然，老祖先走了，去年德华又走了。她也已活到超过米寿，她可以瞑目了。德华永远活在我的记忆里。

1995年6月25日

三个小女孩

我生平有一桩往事：一些孩子无缘无故地喜欢我，爱我；我也无缘无故地喜欢这些孩子，爱这些孩子。如果我以糖果饼饵相诱，引得小孩子喜欢我，那是司空见惯，平平常常，根本算不上什么"怪事"。但是，对我来说，情况却绝对不是这样。我同这些孩子都是邂逅相遇，都是第一次见面，我语不惊人，貌不压众，不过是普普通通，不修边幅，常常被人误认为是学校的老工人。这样一个人而能引起天真无邪、毫无功利目的、两三岁以至十一二岁的孩子的欢心，其中道理，我解释不通，我相信，也没有别人能解释通，包括赞天地之化育的哲学家们在内。

我说：这是一桩"怪事"，不是恰如其分吗？不说它是

"怪事",又能说它是什么呢?

大约在20世纪50年代,当时老祖和德华还没有搬到北京来。我暑假回济南探亲。我的家在南关佛山街。我们家住西屋和北屋,南屋住的是一家姓田的木匠。他有一儿二女,小女儿名叫华子,我们把这个小名又进一步变为爱称:"华华儿"。她大概只有两岁,路走不稳,走起来晃晃荡荡,两条小腿十分吃力,话也说不全。按辈分,她应该叫我"大爷";但是华华还发不出两个字的音,她把"大爷"简化为"爷"。一见了我,就摇摇晃晃,跑了过来,满嘴"爷""爷"不停地喊着。走到我跟前,一下子抱住了我的腿,仿佛有无限的乐趣。她妈喊她,她置之不理,勉强抱走,她就哭着奋力挣脱。有时候,我在北屋睡午觉,只觉得周围鸦雀无声,阒静幽雅。"北堂夏睡足",一枕黄粱,猛一睁眼:一个小东西站在我的身旁,大气不出。一见我醒来,立即"爷""爷",叫个不停,不知道她已经等了多久了。我此时真是万感集心,连忙抱起小东西,连声叫着"华华儿"。有一次我出门办事,回来走到大门口,华华妈正把她抱在怀里,她说,她想试一试华华,看她怎么办。然而奇迹出现了:华华一看到我,立即用惊人的力量,从妈妈怀里挣脱出来,举起小手,要我抱她。她妈妈说,她早就想到有这种可能,但却没有想到华华挣脱的力量竟是这样惊人地大。大家都大笑不止，然而我却在笑中想流眼泪。有一年，老祖和德华来京小住，后来听同院的人说，在上着锁的西屋门前，天天有两个小动物在那里蹲守：一个是一只猫，一个是已经长到三四岁的华华。"遥怜小儿女，未解忆长安。"华华大概还不知道什么北京，不知道什么别离。天天去蹲守，她那天真稚嫩的心灵里，不知是什么滋味，望眼欲穿而不见伊人。她的失望，她的寂寞，大概她自己也说不出，只能意会而不能言传了。

上面是华华的故事，下面再讲吴双的故事。

20世纪80年代的某一年，我应邀赴上海外国语大学去访问。我的学生吴永年教授十分热情地招待我。学校领导陪我参观，永年带了他的妻子和女儿吴双来见我。吴双有六七岁光景，是一个秀美、文静、活泼、伶俐的小女孩。我们是第一次见面，最初她还有点腼腆，叫了一声"爷爷"以后，低下头，不敢看我。但是，我们在校园中走了没有多久，她悄悄地走过来，挽住我的右臂，扶我走路，一直偎依在我的身旁，她爸爸、妈妈都有点吃惊，有点不理解。我当然更是吃惊，更是不理解。一直等到我们参观完了图书馆和许多大楼，吴双总是寸步不离地挽住我的右臂，一直到我们不得不离开学校，不得不同吴双和她爸爸、妈妈分手为止，吴双眼睛中流露出依恋又颇有一点凄凉的眼神。从此，我们就结成了相差六七十岁的忘年交。她用幼稚但却认真秀美的小字写信给我。我给永年写信，也总忘不了吴双。我始终不知道，我有什么地方值得这样一个聪明可爱的小女孩眷恋？

　　上面是吴双的故事，现在轮到未未了。未未是一个十二岁的小女孩，姓贾，爸爸是延边大学出版社的社长，学国文出身，刚强，正直，干练，是一个绝不会阿谀奉承的硬汉子。母亲王文宏，延边大学中文系副教授，性格与丈夫迥乎不同，多愁，善感，温柔，淳朴，感情充沛，用我的话来说，就是：感情超过了需要。她不相信天底下还有坏人，她是个才女，写诗，写小说，在延边地区颇有点名气，研究的专行是美学、文艺理论与禅学，是一个极有前途的女青年学者。十年前，我在北大通过刘烜教授的介绍，认识了她。去年秋季她又以访问学者的名义重返北大，算是投到了我的门下。一年以来，学习十分勤奋。我对美学和禅学，虽然也看过一些书，并且有些想法和看法，写成了文章，但实际上是"野狐谈禅"，成不了正道的。蒙她不弃，从我受学，使得我经常觳觫不安，如芒刺在背。也许我那一些内行人绝不会说的石破天惊的奇谈怪论，对她有了点用处？连这一点我也是没有自信的。

　　由于她母亲在北大学习，未未曾于寒假时来北大一次，她父亲也陪来了。第一次见面，我发现未未同别的年龄差不多的女孩不一样。面貌秀美，逗人喜爱；但却有点苍白。个子不矮，但却有点弱不禁风。不大说话，说话也是慢声细语。文宏说她是娇生惯养惯了，有点自我撒娇。但我看不像。总之，第一次见面，这个东北长白山下来的小女孩，对我成了个谜。我约了几位朋友，请她全家吃饭。吃饭的时候，她依然是少言寡语。但是，等到出门步行回北大的时候，却出现了出我意料的事情。我身居师座，兼又老迈，文宏便从左边扶住我的左臂搀扶着我。说老实话，我虽老态龙钟，但却还不到非让人搀扶不行的地步；文宏这一番心意我却不能拒绝，索性倚老卖老，任她搀扶，倘若再递给我一个龙头拐杖，那就很有点旧戏台上佘太君或者国画大师齐白石的派头了。然而，正当我在心中暗暗觉得好笑的时候，未未却一步抢上前来，抓住了我的右臂来搀扶住我，并且示意她母亲放松抓我左臂的手，仿佛搀扶我是她的专利，不许别人插手。她这一举动，我确实没有想到。然而，事情既然发生——由它去吧！

　　过了不久，未未就回到了延吉。适逢今年是我八十五岁生日，文宏在北大虽已结业，却专门留下来为我祝寿。她把丈夫和女儿都请到北京来，同一些在我身边工作了多年的朋友，为我设寿宴。最后一天，出于玉洁的建议，我们一起共有十六人之多，来到了圆明园。圆明园我早就熟悉，六七十年前，当我还在清华大学读书的时候，晚饭后，常常同几个同学步行到圆明园来散步。此时圆明园已破落不堪，满园野草丛生，狐鼠出没，"西风残照，清家废宫"，我指的是西洋楼遗址。当年何等辉煌，而今只剩下几个汉白玉雕成的古希腊式的宫门，也都已残缺不全。"牧童打碎了龙碑帽"，虽然不见得真有牧童，然而情景之凄凉、寂寞，恐怕与当年的明故宫也差不多了。我们当时还都很年轻，不大容易发思古之幽情，不过爱其地方幽静，来散散步而已。

建国后，北大移来燕园，我住的楼房，仅与圆明园有一条马路之隔。登上楼旁小山，遥望圆明园之一角绿树蓊郁，时涉遐想。今天竟然身临其境，早已面目全非，让我连连吃惊，仿佛美国作家 Washington Irving 笔下的 *Rip Van Winkle*，"山中方七日，世上几千年"，等他回到家乡的时候，连自己的曾孙都成了老爷爷，没有人认识他了。现在我已不认识圆明园了，圆明园当然也不会认识我。园内游人摩肩接踵，多如过江之鲫。而商人们又竞奇斗妍，各出奇招，想出了种种的门道，使得游人如痴如醉。我们当然也不会例外，痛痛快快地畅游了半天，福海泛舟，饭店盛宴。我的"西洋楼"却如蓬莱三山，不知隐藏在何方了？

第二天是文宏全家回延吉的日子。一大早，文宏就带了未未来向我辞行。我上面已经说到,文宏是感情极为充沛的人,虽是暂时别离,她恐怕也会受不了。小萧为此曾在事前建议过:临别时,谁也不许流眼泪。在许多人心目中,我是一个怪人,对人呆板冷漠,但是,真正了解我的人却给我送了一个绰号:"铁皮暖瓶",外面冰冷而内心极热。我自己觉得,这个比喻道出了一部分真理,但是,我现在已届望九之年,我走过阳关大道,也走过独木小桥,天使和撒旦都对我垂青过。一生磨炼,已把我磨成了一个"世故老人",于必要时,我能够运用一个世故老人的禅定之力,把自己的感情控制住。年轻人,道行不高的人,恐怕难以做到这一点的。

现在,未未和她妈妈就坐在我的眼前。我口中念念有词,调动我的定力来拴住自己的感情,满面含笑,大讲苏东坡的词:"人有悲欢离合,月有阴晴圆缺,此事古难全。"又引用俗语:"千里凉棚,没有不散的筵席。"自谓"口若悬河泻水,滔滔不绝"。然而,言者谆谆,而听者藐藐。文宏大概为了遵守对小萧的诺言,泪珠只停留在眼眶中,间或也滴下两滴。而未未却不懂什么诺言,不会有什么定力,坐在床边上,一语不发,泪珠仿佛断了线似的流个不停。我那八十多年的定力有点动摇了,我心里有点发慌。连忙强打精神,含泪微笑,送她母女出门。一走上门前的路,未未好像再也忍不住了，一把抓住了我的胳臂，伏在我怀里，哭了起来。热泪透过了我的衬衣，透过了我的皮肤，热意一直滴到我的心头。我忍住眼泪，捧起未未的脸，说："好孩子！不要难过！我们还会见面的！"未未说："爷爷！我会给你写信的！"我此时的心情，连才尚未尽的江郎也是写不出来的，他那名垂千古的《别赋》中，就找不到对类似我现在的心情的描绘，何况我这样本来无才可尽的俗人呢？我挽着未未的胳臂，送她们母女过了楼西曲径通幽的小桥。又忽然临时顿悟：唐朝人送别有灞桥折柳的故事。我连忙走到湖边，从一棵垂柳上折下了一条柳枝，递到文宏手中。我一直看她母女俩折过小山，向我招手，直等到连消逝的背影也看不到的时候，才慢慢地走回家来。此时，我再不需要我那劳什子定力，索性让眼泪流个痛快。

三个女孩的故事就讲完了。

还不到两岁的华华为什么对我有这样深的感情，我百思不得其解。

五六岁第一次见面的吴双，为什么对我有这样深的感情，我千思不得其解。

十二岁下学期才上初中的未未，为什么对我有这样深的感情，我万思不得其解。

然而这都是事实，我没有半个字的虚构。我一生能遇到这样三个小女孩，就算是不虚此生了。

到今天，华华已经超过四十岁。按正常的生活秩序，她早应该"绿叶成荫"了，不知道她是否还记得我这"爷"？

吴双恐大学已经毕业了，因为我同她父亲始终有联系，她一定还会记得我这样一位"北京爷爷"的。

至于未未，我们离别才几天。我相信，她会遵守自己的诺言给我写信的。而且她父亲常来北京，她母亲也有可能再到北京学习、进修。我们这一次分别，仅仅不过是为下一次会面创造条件而已。

像奇迹一般，在八十多年内，我遇到了这样三个小女孩，是我平生一大乐事，一桩怪事，但是人们常说，普天之下，没有无缘无故的爱。可是我这"缘"何在？我这"故"又何在呢？佛家讲因缘，我们老百姓讲"缘分"。虽然我不信佛，从来也不迷信，但是我却只能相信"缘分"了。在我走到那个长满了野百合花的地方之前，这三个同我有着说不出是怎样来的缘分的小姑娘，将永远留在我的记忆中，保留一点甜美，保留一点幸福，给我孤寂的晚年涂上点有活力的色彩。

1996 年 8 月

我的家

我曾经有过一个温馨的家。那时候,老祖和德华都还活着,她们从济南迁来北京,我们住在一起。

老祖是我的婶母,全家都尊敬她,尊称之为老祖。她出身中医世家,人极聪明,很有心计。从小学会了一套治病的手段,有家传治白喉的秘方,治疗这种十分危险的病,十拿十稳,手到病除。因自幼丧母,没人替她操心,耽误了出嫁的黄金时刻,成了一位山东话称之为"老姑娘"的人。年近四十,才嫁给了我叔父,做续弦的妻子。她心灵中经受的痛苦之剧烈,概可想见。然而她是一个十分坚强的人,从来没有对人流露过,实际上,作为一个丧母的孤儿,又能对谁流露呢?

德华是我的老伴，是奉父母之命，通过媒妁之言同我结婚的。她只有小学水平，认了一些字，也早已还给老师了。她是一个真正善良的人，一生没有跟任何人闹过对立、发过脾气。她也是自幼丧母的，在她那堂姊妹兄弟众多的、生计十分困难的大家庭里，终日愁眉愁面，当然也受过不少的苦，没有母亲这一把保护伞，有苦无处诉，她的青年时代是在愁苦中度过的。

至于我自己，我虽然不是自幼丧母，但是，六岁就离开母亲，没有母爱的滋味，我尝得透而又透。我大学还没有毕业，母亲就永远离开了我，这使我抱恨终天，成为我的"永久的悔"。我的脾气，不能说是暴躁，而是急躁。想到干什么，必须立即干成，否则就坐卧不安。我还不能说自己是个坏人，因为，除了为自己考虑外，我还能为别人考虑。我坚决反对曹操的"宁要我负天下人，不要天下人负我"。

就是这样三个人组成了一个家庭。

为什么说是一个温馨的家呢？首先是因为我们家六十年来没有吵过一次架，甚至没有红过一次脸。我想，这即使不能算是绝无仅有，也是极为难能可贵的。把这样一个家庭称之为温馨不正是恰如其分吗？其中也不是没有原因的。

我们全家都尊敬老祖，她是我们家的功臣。正当我们家经济濒于破产的时候，从天上掉下一个馅儿饼来：我获得一个到德国去留学的机会。我并没有什么凌云的壮志，只不过是想苦熬两年，镀上一层金，回国来好抢得一只好饭碗，如此而已。焉知两年一变而成了十一年。如果不是老祖苦苦挣扎，摆过小摊，卖过破烂，勉强让一老——我的叔父、二中——老祖和德华、二小——我的女儿和儿子，能够有一口饭吃，才得度过灾难。否则，我们家早已家破人亡了。这样一位大大的功臣，我们焉能不尊敬呢？

如果真有"毫不利己，专门利人"的人的话，那就是老祖和德华。她们忙忙叨叨买菜、做饭，等到饭一做好，她俩却坐在旁边看着我们狼吞虎咽，自己只吃残羹剩饭。这逼得我不由不从内心深处尊敬她们。

我们曾经雇过一个从安徽来的年轻女孩子当小时工，她姓杨，我们都管她叫小杨，是一个十分温顺、诚实、少言寡语的女孩子。每天在我们家干两小时的活，天天忙得没有空闲时间。我们家的两个女主人经常在午饭的时候送给小杨一个热馒头，夹上肉菜，让她吃了当午饭，立即到别的家去干活。有一次，小杨背上长了一个疮，老祖是医生，懂得其中的道理。据她说，疮长在背上，如凸了出来，这是良性的，无大妨碍。如果凹了进去，则是民间所谓的大背疮，古书上称之为疽，是能要人命的。当年范增"疽发背死"，就是这种疮。小杨患的也恰恰是这种疮。于是，小杨每天到我们家来，不是干活，而是治病，主治大夫就是老祖，德华成了助手。天天挤脓、上药，忙完整整两小时，小杨再到别的家去干活。最后，奇迹出现了，过了几个月，小杨的疽完全好了。老祖始终没有告诉她这种疮的危险性。小杨离开北京回到安徽老家以后，还经常给我们来信，可见我们家这两位女主人之恩，使她毕生难忘了。

我们的家庭成员，除了"万物之灵"的人以外，还有几个并非万物之灵的猫。我们养的第一只猫，名叫虎子，脾气真像是老虎，极为暴烈。但是，对我们三个人却十分温顺，晚上经常睡在我的被子上。晚上，我一上床躺下，虎子就和另外一只名叫猫咪的猫，连忙跳上床来，争夺我脚头上那一块地盘，沉沉地压在那里。如果我半夜里醒来，觉得脚头上轻轻的，我知道，两只猫都没有来，这时我往往难再入睡。在白天，我出去散步，两只猫就跟在我后面，我上山，它们也上山；我下来，它们也跟着下来。这成为燕园中一条著名的风景线，名传遐迩。

这难道不是一个温馨的家庭吗？

然而，光阴如电光石火，转瞬即逝。到了今天，人猫俱亡,我们的家庭只剩下了我一个人,形单影只,过了一段寂寞凄苦的生活。

然而,天无绝人之路。隔了不久,我的同事,我的朋友,我的学生,了解到我的情况之后,立刻伸出了爱援之手,使我又萌生了活下去的勇气。其中有一位天天到我家来"打工",为我操吃操穿,读信念报,招待来宾,处理杂务,不是亲属,胜似亲属。让我深深感觉到,人间毕竟是温暖的,生活毕竟是"美丽的"(我讨厌这个词儿,姑一用之)。如果没有这些友爱和帮助,我恐怕早已登上了八宝山,与人世"拜拜"了。

那些非万物之灵的家庭成员如今数目也增多了。我现在有四只纯种的、从家乡带来的波斯猫,活泼、顽皮,经常挤入我的怀中,爬上我的脖子。其中一只,尊号毛毛四世的小猫,正在爬上我的脖子,被一位摄影家在不到半秒钟的时间内抢拍了一个镜头,赫然登在《人民日报》上,受到了许多人的赞扬,成为蜚声猫坛的一只世界名猫。

眼前,虽然我们家只剩下我一个孤家寡人,你难道能说这不是一个温馨的家吗?

2000 年 11 月 5 日

04 师情永存，友谊长青

忆章用

我一直到现在还不能相信,他竟撒手离开现在的这个世界去了。我自己的生命虽然截止到现在还说不上怎样太长;但在这不太长的过去的生命中,他的出现却更短,短到令人怀疑是不是曾经有过这样一回事。倘若要用一个譬喻的话,我只能把他比作一颗夏夜的流星,在我的生命的天空中,蓦地拖了一条火线出现了,蓦地又消逝到暗冥里去。但在这条火线留下的影子却一直挂在我的记忆的丝缕上,到现在,已经是隔了几年了,忽然又闪耀了起来。

人的记忆也是怪东西,在每一天,不,简直是每一刹那,自己所遇到的大大小小的事情中,在风起云涌的思潮中,有后来想起来认为是极重大的事情,但在当时看过想过后不久就忘却了，费很大的力量才能再回忆起来。但有的事情，譬如说一个人笑的时候脸部构成的图形，一条柳枝摇曳的影子，一片花瓣的飘落，在当时，在后来，都不认为有什么不得了；但往往经过很久很久的时间，却能随时明晰地浮现在眼前，因而引起一长串的回忆。到现在很生动地浮现在我眼前，压迫着我想到俊之（章用）的，就是他在谈话中间静默时神秘地向眼前空虚处注视的神态。

但说来已经是六年前的事情了。六年前的深秋，我从柏林来到哥廷根。第二天起来，在街上走着的时候，觉得这小城的街特别长，太阳也特别亮，一切都浸在一片白光里。过了几天，就在这样的白光里，我随了一位中国同学走过长长的街去访俊之。他同他母亲赁居一座小楼房的上层，四周全是花园。这时已经是落叶满地，树头虽然还挂了几片残叶，但在秋风中却只显得孤伶了。那一次究竟说了些什么话，现在已经记不清了。似乎他母亲说话最多，俊之并没有说多少。在谈话中间静默的一刹那，我只注意到，他的目光从眼镜边上流出来，神秘地注视着眼前的空虚处。

就这样，我们第一次见面他给我的印象是颇平常的；但不知为什么，以后竟常常往来起来。他母亲人非常慈和，很能谈话。每次会面，都差不多只有她一个人独白，每次都感觉不到时间的逝去,等到觉得屋里渐渐暗起来,却已经晚了,结果每次都是仓仓促促辞了出来,摸索着走下黑暗的楼梯,赶回家来吃晚饭。为了照顾儿子,她在这离开故乡几万里的寂寞的小城里陪儿子一住就是七八年,只是这一件,就足以打动了天下失掉了母亲的孩子们的心,让他们在无人处流泪,何况我又是这样多愁善感?又何况还是在这异邦的深秋呢?我因而常常想到在故乡里萋萋的秋草下长眠的母亲,到俊之家里去的次数也就多起来。

哥廷根的秋天是美的,美到神秘的境地,令人说不出,也根本想不到去说。有谁见过未来派的画没有?这小城东面的一片山林在秋天就是一幅未来派的画。你抬眼就看到一片耀眼的绚烂。只说黄色,就数不清有多少等级,从淡黄一直到接近棕色的深黄,参差地抹在这一片秋林的梢上,里面杂了冬青树的浓绿,这里那里还点缀上一星星的鲜红,给这惨淡的秋色涂上一片凄艳。就在这林子里,俊之常陪我去散步。我们不知道曾留下多少游踪。林子里这样静,我们甚至能听到叶子辞树的声音。倘若我们站下来,叶子也就会飘落到我们身上。等到我们理会到的时候,我们的头上肩上已经满是落叶了。间或前面树丛里影子似的一闪,是一匹被我们惊走的小鹿,接着我们就会听到窸窣的干叶声,渐远,渐远,终于消逝到无边的寂静里去。谁又会想到，我们竟在这异域的小城里亲身体会到"叶干闻鹿行"的境界？但这情景都是后来回忆时才觉到的，在当时，我们却没有，或者可以说很少注意到：我们正在热烈地谈着什么。他虽然念的是数学；但因为家学渊源，对中国旧文学很有根底，作旧诗更是经过名师的指导，对哲学似乎比对数学的兴趣还要大。我自己虽然一无所成；但因为平常喜欢浏览，所以很看了些旧诗词，而且自己对许多文学上的派别和几个诗人还有一套看法。平时难得解人，所以一直闷在心里，现在居然有人肯听，于是我就一下子倾出来。看了他点头赞成的神气，我的意趣更不由地飞动起来，我忘记了时间，忘记了世界，连自己也忘记了。往往是看到桦树的白皮上已经涂上了淡红的夕阳，才知道是应该下山的时候。走到城边，就看到西面山上一团紫气，不久天上就亮起星星来了。

等到林子里最后的几片黄叶也落净了的时候，不久就下了第一次的雪。哥城的冬天是寂寞的。天永远阴沉，难得看到几缕阳光。在外面既然没有什么可看，人们又觉得炉火可爱起来。有时候在雪意很浓的傍晚，他到我家里来闲谈。他总是靠近炉子坐在沙发上，头靠在后面的墙上。我们总有说不完的话，大半谈的仍然是哲学宗教上的问题；

但转来转去，总转到中国旧诗上。他说话没有我多。当我滔滔不绝地说着的时候，他只是静静地听，脸上又浮起那一片神秘的微笑，眼光注视着眼前的空虚处。同我一样，他也会忘记了时间，现在轮到他摸索着走下黑暗的楼梯赶回家去吃晚饭了。

后来这情形渐渐多起来。等到我们再聚到一起的时候，章伯母就笑着告诉我，自从我到了哥廷根，他儿子仿佛变了一个人，以前同他母亲也不大多说话，现在居然有时候也显得有点活泼了。他在哥城八年，除了间或到范禹（龙丕炎）家去以外，很少到另外一位中国同学家里去，当然更谈不到因谈话而忘记了吃晚饭。多少年来，他就是一个人到大学去，到图书馆去，到山上去散步，不大同别人在一起。这情形我都能想象得到，因为无论谁只要同俊之见上一面，就会知道，他是孤高一流的人物。这样一个人怎么能够同其他油头粉面满嘴里离不开跳舞电影的留学生们合得来呢？

但他的孤高并不是矫揉造作的，他也并没有意思去装假名士。章伯母告诉我，他在家里，也总是一个人在思索着什么，有时坐在那里，眼睛愣愣的，半天不动。他根本不谈家常，只有谈到学问，他才有兴趣。但老人家的兴趣却同他的正相反，所以平常时候母子相对也只有沉默着一句话也不说了。他对吃饭也感不到多大兴趣,坐在饭桌旁边,嘴里嚼着什么,眼睛并不看眼前的碗同菜,脑筋里似乎正在思索着只有他自己知道的问题。有时候,手里拿着一块面包,站起来,在屋里不停地走,他又沉到他自己独有的幻想的世界里去。倘若叫他吃,他就吃下去;倘若不叫他,他也就算了。有时候她同他开个玩笑,问他刚才吃的是什么东西,他想上半天,仍然说不上来。这是他自己说起来都会笑的。过了不久,我就有机会证实了章伯母的话。这所谓"不久",我虽然不能确切地指出时间来;但总在新年过后的一二月里,小钟似的白花刚从薄薄的雪堆里挣扎出来,林子里怕已经抹上淡淡的一片绿意了。章伯母因为有事情到英国去了,只留他一个人在家里。我因为学系不能决定,有时候感到异常烦闷,所以就常在傍晚的时候到他家里去闲谈。我差不多每次都看到桌子上一块干面包,孤伶地伴着一瓶凉水。问他吃过晚饭没有,他说吃过了。再问他吃的什么,他的眼光就流到那一块干面包和那一瓶凉水上去,什么也不说。他当然不缺少钱买点香肠牛奶什么的;而且煤气炉子也就在厨房里,只要用手一转,也就可以得到一壶热咖啡;但这些他都没做,也许是忘记了,也许根本没有兴致想到这些琐碎的事情,他脑筋里正盘旋着什么问题。在这时候,最简单的办法当然就是向面包盒里找出他母亲吃剩下的面包，拧开凉水管子灌满一瓶，草草吃下去了事。既然吃饭这事情非解决不行，他也就来解决；至于怎样解决，那又有什么重要呢？反正只要解决过，他就能再继续他的工作，他这样就很满意了。

我将怎样称呼他这样一个人呢？在一般人眼中，他毫无疑问地是一个怪人，而且他和一般人，或者也可以说，一般人和他合不来的原因恐怕也就在这里面。但我从小就有一个偏见，我最不能忍受四平八稳处事接物面面周到的人物。我觉得，人不应该像牛羊一样，看上去都差不多，人应该有个性。然而人类的大多数都是看上去都差不多的角色。他们只能平稳地活着，又平稳地死去，对人类对世界丝毫没有影响。真正大学问大事业是另外几个同一般人不一样，甚至被他们看作怪人和呆子的人做出来的。我自己虽然这样想，甚至也试着这样做过，也竟有人认为我有点怪；但我自问，有的时候自己还太妥协平稳，同别人一样的地方还太多。因而我对俊之，除了羡慕他的渊博的学识以外，对他的为人也有说不出来的景仰了。

在羡慕同景仰两种心情下，我当然高兴常同他接近。在他那方面，他也似乎很高兴见到我。到现在还不能忘记，每次我找他到小山上去散步，他都立刻答应，而且在非常仓皇的情形下穿鞋穿衣服,仿佛一穿慢了,我就会逃掉似的。我们到一起,仍然有说不完的话,我们谈哲学,谈宗教,仍然同以前一样,转来转去,总转到中国旧诗上去。他把他的诗集拿给我看,里面的诗并不多,只是薄薄的一本。我因为只仓卒翻了一遍,现在已经记不清,里面究竟有些什么诗。我用尽了力想,只能想起两句来:"频梦春池添秀句,每闻夜雨忆联床。"他还告诉我,到哥城八年,先是拼命念德文,后来入了大学,又治数学同哲学,总没有余裕和兴致来写诗;但自从我来以后,他的诗兴仿佛又开始汹涌起来,这是连他自己都没想到的——

果然,过了不久,又在一个傍晚,他到我家里来。一进门,手就向衣袋里摸,摸出来的是一个黄色的信封,里面装了一张硬纸片,上面工整地写着一首诗:

空谷足音一识君
相期诗伯苦相薰
体裁新旧同尝试
胎息中西沐见闻
胸宿赋才徕物与
气嘘史笔发清芬

岁月从来不言，却见证了所有真心

千金敝帚孰轻重

后世凭猜定小文

　　我看了脸上直发热。对旧诗，我虽然喜欢胡谈乱道；但说到做，我却从来没尝试过，可以说是一个十足的门外汉，我哪里敢做梦做什么"诗伯"呢？但他的这番意思我却只有心领了。

　　这时候，我自己的心情并不太好，他也正有他的忧愁。七八年来，他一直过着极优裕的生活。近一两年来，国内的地租忽然发生了问题，于是经济来源就有了困难。对于他这其实都算不了什么，因为我知道，只要他一开口，立刻就会有人自动地送钱给他用，而且，据他母亲告诉我，也真的已经有人寄了钱来，譬如一位德国朋友，以前常到他家里去吃中国饭，现在在另外一个大学里当讲师，就寄了许多钱来，还愿意以后每月寄。然而俊之都拒绝了。我也同他谈过这事情，我觉得目前用朋友几个钱完成学业实在是无伤大雅的；但他却一概不听，也不说什么理由，我自己根本没有多少钱，领到的钱也不过刚够每月的食宿，一点也不能帮他的忙。最初听到他说，他不久就要回国去筹款，心中有说不出的难过。后来他这计划终于成为事实了。

每次到他那里去，总看到他忙忙碌碌地整理书籍。我不愿意看这一堆堆横七竖八躺在地上的书籍。我觉得有什么地方对他不起，心里凭空惭愧起来。

在不知不觉时，时间已经由暮春转入了初夏。哥廷根城又埋到一团翠绿里去。俊之起程的日子也决定了。在前一天的晚上，我们替他饯行，一直到深夜才走出市政府的地下餐厅。我同他并肩走在最前面。他平常就不大喜欢说话，今天更不说了，我们只是沉默着走上去，听自己的步履声在深夜的小巷里回响，终于在沉默里分了手。我不知道他怎么样，我是一夜在床上翻来覆去地睡不着。第二天天一亮我就到他家去了。他已经起来了。我本来预备在我们离别前痛痛快快谈一谈，我仿佛有许多话要说似的；但他却坚决要到大学里去上一堂课。他母亲挽留也没有用。他嘴里只是说，他要去上"最后一课"，"最后"两个字说得特别响，脸上浮着一片惨笑。我不敢接触他的目光，但我却能了解他的"客树回看成故乡"的心情。谁又知道，这一堂课就真的成了他的"最后一课"呢？

就这样，俊之终于离开他的第二故乡哥廷根，离开了我，从那以后，我就再没有看到他。路上每到一个停船的地方，他总有信给我。他知道我正在念梵文，还剪了许多报上的材料寄给我。此外还寄给我许多诗。回国以后,先在山东大学教数学。在这期间,他曾写过一封很长的信给我,报告他的近况,依然是牢骚满腹。后来又转到浙江大学去。情形如何,我不大清楚。不久战争也就波及浙江,他随了大学辗转迁到江西。从那里,我接到他一封信,附了一卷诗稿,把他回国以后作的诗都寄给我了。他仿佛预感到自己已经不久于人世,赶快把诗抄好,寄给一个朋友保存下去,这个朋友他就选中了我。我一直到现在还不相信,这是偶然的,他似乎故意把这担子放在我的肩上。

从那以后,我从他那里再没听到什么。不久范禹来了信,报告他的死。他从江西飞到香港去养病,就死在那里。我真没法相信这是真的,难道范禹听错了消息吗?但最后我却终于不能不承认,俊之是真的死了,在我生命的夜空里,他像一颗夏夜的流星似的消逝了,永远地消逝了。

我们相处一共不到一年。一直到离别还互相称作"先生"。在他没死之前,我不过觉得同他颇能谈得来,每次到一起都能得到点安慰,如此而已。然而他的死却给了我一个回忆沉思的机会,我蓦地发现,我已于无意之间损失了一个知己,一个真正的朋友。在这茫茫人世间究竟还有几个人能了解我呢?俊之无疑是真正能够了解我的一个朋友。我无论发表什么意见,哪怕是极浅薄的呢,从他那里我都能得到共鸣的同情。但现在他竟离开这人世去了。我陡然觉得人世空虚起来。我站在人群里,只觉得自己的渺小和孤独,我仿佛失掉了倚靠似的,徘徊在寂寞的大空虚里。

哥廷根仍然同以前一样美,街仍然是那样长,阳光仍然是那样亮。我每天按时走过这长长的街到研究所去,晚上再回来。以前我还希望,俊之回来的时候,我们还可以逍遥在长街上高谈阔论;但现在这希望永远只是希望了。我一个人拖了一条影子走来走去:走过一个咖啡馆,我回忆到我曾同他在这里喝过咖啡消磨了许多寂寞的时光;再向前走几步是一个饭馆,我又回忆到,我曾同他每天在这里吃午饭,吃完再一同慢慢地走回家去;再走几步是一个书店,我回忆到,我有时候呆子似的在这里站上半天看玻璃窗子里面的书,肩头上蓦地落上了一只温暖的手,一回头是俊之,他也正来看书窗子;再向前走几步是一个女子高中,我又回忆到,他曾领我来这里听诗人念诗,听完在深夜里走回家,看雨珠在树枝上珠子似的闪光——就这样,每一个地方都能引起我的回忆,甚至看到一块石头,也会想到,我同俊之一同在上面踏过;看了一枝小花,也会回忆到,我同他一同看过。然而他现在却撒手离开这个世界走了,把寂寞留给我。回忆对我成了一个异常沉重的负担。

今年秋天,我更寂寞得难忍。我一个人在屋里无论如何也坐不下去,四面的墙仿佛都起来给我以压迫。每天吃过晚饭,我就一个人逃出去到山下大草地上去散步。每次都走过他同他母亲住过的旧居:小楼依然是六年前的小楼,花园也仍然是六年前的花园,连落满地上的黄叶,甚至连树头残留着的几片孤零的叶子,都同六年前一样;但我的心情却同六年前的这时候大大地不相同了。小窗子依然开对着这一片黄叶林。我以前在这里走过不知多少遍,似乎从来没有注意过这样一个小窗子;但现在这小窗子却唤回我的许多记忆,它的存在我于是也就注意到了。在这小窗子里面,我曾同俊之同坐过消磨了许多寂寞的时光,我们从这里一同看过涂满了凄艳的彩色的秋林,也曾看过压满了白雪的琼林,又看过绚烂的苹果花,蜜蜂围了嗡嗡地飞;在他离开哥廷根的前几天,我们都在他家里吃饭,忽然扫过一阵暴风雨,远处的山、山上的树林,树林上面露出的俾斯麦塔都隐入溟濛的云气里去:这一切仿佛是一幅画,这小窗子就是这幅画的镜框。我们当时都为自然的伟大所压迫,半天说不出一句话来,只是沉默着透过这小窗注视着远处的山林。当时的情况还历历如在眼前;然而曾几何时,现在却只剩下我一个人在布满了落叶的深秋的长街上，在一个离故乡几万里的异邦的小城里，呆呆地从下面注视这小窗子了，而这小窗子也正像蓬莱仙山可望而不可即了。

　　逝去的时光不能再捉回来，这我知道；人死了不能复活，这我也知道。我到现在这个世界上来活了三十年，我曾经看到过无数的死：父亲、母亲和婶母都悄悄地死去了。尤其是母亲的死在我心里留下无论如何也补不起来的创痕。到现在已经十年了，差不多隔几天我就会梦到母亲，每次都是哭着醒来。我甚至不敢再看讲母亲的爱的小说、剧本和电影。有一次偶然看一部电影，我一直从剧场里哭到家。但俊之的死却同别人的死都不一样：生死之悲当然有；但另外还有知己之感。这感觉我无论如何也排除不掉。我一直到现在还要问：世界上可以死的人太多太多了，为什么单单死俊之一个人？倘若我不同他认识也就完了；但命运却偏偏把我同他在离祖国几万里的一个小城里拉在一起，他却又偏偏死去。在我的饱经忧患的生命里再加上这幕悲剧，难道命运觉得对我还不够残酷吗？

　　但我并不悲观，我还要活下去。有的人说："死人活在活人的记忆里。"俊之就活在我的记忆里。只是为了这，我也要活下去。当然这回忆对我是一个无比的重担；但我却甘心肩负起这一份重担,而且还希望能肩负下去,愈久愈好。

五年前开始写这篇东西,那时我还在德国。中间屡屡因了别的研究工作停笔,终于剩了一个尾巴,没能写完。现在在挥汗之余勉强写起来,离开那座小城已经几万里了。

1946年7月23日写于南京

纪念一位德国学者西克灵教授

昨天晚上接到我的老师西克先生（Prof.Dr.Emil Sieg）从德国来的信，说西克灵教授（W.Siegling）已经于去年春天死去，看了我心里非常难过。生死本来是一种自然现象，值不得大惊小怪。但死也并不是没有差别。有的人死去了，对国家，对世界一点影响都没有。他们只是在他们亲族的回忆里还生存一个时期，终于也就渐渐被遗忘了。有的人的死却对国家、对世界都是一个损失。连不认识他们的人都会觉得悲哀，何况认识他们的朋友们呢？

西克灵这名字，对许多中国读者大概还不太生疏，虽然他一生所从事研究的学科可以说是很偏僻的。他是西克先生的学生。同他老师一样，他也是先研究梵文，然后才转到吐火罗语去的。转变点就正在四十年前。当时德国的探险队在 Gruünwedel 和 Von Le Coq 领导之下从中国的新疆发掘出来了无量珍贵的用各种文字写的残卷运到柏林去。德国学者虽然还不能读通这些文字，但他们却意识到这些残卷的重要。当时柏林大学的梵文正教授 Pischel 就召集了许多年轻的语言学者，尤其是梵文学者，来从事研究。西克和西克灵决心合作研究的就是后来定名为吐火罗语的一种语言。当时他们有的是幻想和精力，这种稍稍带有点冒险意味，有的时候简直近于猜谜式的研究工作，更提高了他们的兴趣。他们日夜地工作，前途充满了光明。在三十多年以后，西克先生每次谈起来还不禁眉飞色舞，仿佛他自己又走回青春里去，当时热烈的情景就可以想见了。

他们这合作一直继续了几十年。他们终于把吐火罗语读通。在这期间，他们发表的震惊学术界的许多文章和书，除了在第一次世界大战西克灵被征从军的一个期间外，都是用两个人的名字。西克灵小心谨慎，但没有什么创造的能力，同时又因为住在柏林，在普鲁士学士院（Preussische Akademie der Wissenschaften）里做事情，所以他的工作就偏重在只是研究抄写 Brahmi 字母。他把这些原来是用 Brāhmi 字母写成的残卷用拉丁字母写出来寄给西克，西克就根据这些拉丁字母写成的稿子来研究文法，确定字义。但我并不是说西克灵只懂字母而西克只懂文法。他们两方面都懂的，不过西克灵偏重字母而西克偏重文法而已。

两个人的个性也非常不一样。我已经说到西克灵小心谨慎，其实这两个形容词是不够的。他有时候小心到我们不能想象的地步。根据许多别的文字，一个吐火罗字的字义明明是毫无疑问地可以确定了，但他偏怀疑，偏反对，无论如何也不承认。在这种情形下，西克先生看到写信已经没有效用，便只好自己坐上火车到柏林用三寸不烂之舌来说服他了。我常说，西克先生就像是火车头的蒸汽机，没有它火车当然不能走。但有时候走得太猛太快也会出毛病，这就用得着一个停车的闸。西克灵就是这样的一个让车停的闸。

他们俩合作第一次出版的大著是 *Tocharische Sprachreste*（1921）。两本大书充分表现了这合作的成绩。在这书里他们还很少谈到文法，只不过把原来的 Brāhmi 字母改成拉丁字母，把每个应该分开来的字都分了而已。在1931年出版的 *Tocharische Grammatik* 里面他们才把吐火罗语的文法系统地整理出来。这里除了他们两个人以外，他们还约上了大比较语言学家柏林大学教授舒尔慈（Wilhelm Schulz）来合作。结果这一本五百多页的大著就成了欧洲学术界划时代的著作。一直到现在研究中亚古代语言和比较语言的学者还不能离开它。

写到这里，读者或者以为西克灵在这些工作上都没有什么不得了的贡献，因为我上面曾说到他的工作主要是在研究抄写 Brahmi 字母。这种想法是错的。Brahmi 字母并不像我们知道的这些字母一样。它是非常复杂的。有时候两个字母的区别非常细微，譬如说 t 同 n，稍一不小心，立刻就发生错误。法国的梵文学家莱维（Sylvain Lévi）在别的方面的成绩不能不算大，但看他出版的吐火罗语 B（龟兹语）的残卷里有多少读错的地方，就可以知道只是读这字母也并不容易了。在这方面西克灵的造诣是非常惊人的，可以说是并世无二。

也是为了读 Brahmi 字母的问题，我在 1942 年的春天到柏林去看西克灵。我在普鲁士学士院他的研究室里找到他。他正在那里埋首工作，桌子上摆的墙上挂的全是些 Brahmi 字母的残卷，他就用他特有的蝇头般的小字一行一行地抄下来。在那以前，我就听说，只要有三个学生以上，他就一句话也说不出来了。所以他一生就只在学士院里工作，只有很短的一个时间在柏林大学里教过吐火罗语，终于还是辞了职。见了面他给我的印象同传闻的一样。人很沉静，不大说话。问他问题，他却解释无遗。我从他那里学到了不少读 Brahmi 字母的秘诀。我发现他外表虽冷静，但骨子里却是个很热情的人，正像一切良好的德国人一样。

以后，我离开柏林，回到哥廷根，战争愈来愈激烈，我也就再也没能到柏林去看他。战争结束后，自己居然还活着，听说他也没被炸死。心里觉得非常高兴。我也就带了这高兴在去年夏天里回了国来。一转眼就过了半年。在这期间，因为又接触了一个新环境，终天糊里糊涂的，连回忆的余裕都没有了。最近，心情方面渐渐安静下来，于是又回忆到以前的许多事情，在德国遇到的这许多师友的面影又不时在眼前晃动，想到以前过的那个幸福的时期，恨不能立刻再回到德国去。然而正在这时候，我接到西克先生的信，说西克灵已经去世了。即便我能立刻回到德国，师友里面已经少了一个了。对学术界，尤其是对我自己，这个损失是再也不能弥补的了。

我现在唯一的安慰就是在西克先生身上了。他今年已经八十多岁，但他的信上说，他的身体还很好。德国目前是既没有吃的穿的，也没有烧的。六七个人挤在一个小屋里，又以他这样的高龄，但他居然还照常工作。他四十年来一个合作者西克灵，比他小二十多岁的一个朋友，既然先他而死了，我只希望上苍还加佑他，让他再壮壮实实多活几年，把他们未完成的大作完成了，为学术，为他死去的朋友，我替他祝福。

1947年1月29日于北平

春城忆广田

　　昆明素有春城之称。这个称号真正是名副其实的。哪一个从外地来到这里的人,一下飞机,一下火车,不立刻就感到这里是春意盎然,春光无限呢?我们读旧小说,常常遇到"四时不谢之花,八节长春之草"之类的句子。我从前总以为,这是小说家言,不足信的;这只是用来描绘他们心目中的阆苑仙境的。然而,到了昆明以后,才知道,这并非幻想,而是事实。如果人世间真有阆苑仙境的话,那么昆明就是一个。
　　我对昆明并不陌生,我来到这里已经有五六次之多了。二十多年前,当我第一次到昆明的时候,我立刻就惊诧于这座城市风光之美丽,民风之淳朴。但是,我当时觉得,这里的街道还是比较狭窄的,铺的全是石头;街旁的建筑物也比较古老,都是用木头建成的。我脑海里立刻浮现出"边城"两个字,虽然我对于什么叫"边城"也并不是十分清楚的。

但是,这里的自然风光之美毕竟是非常可爱的。谈到这里的自然风光,那真可以说是有口皆碑。五百里滇池当然是名闻天下的。即如西山的巍峨,龙门的险峻,圆通山的花潮,曹溪寺的元梅,黑龙潭的清幽,华亭寺的堂皇,筇竹寺的五百罗汉和孔雀杉,金殿的铜瓦铜柱的大殿,大观楼的长联,省图书馆的收藏,所有这一切都给人留下深刻的印象,屡见于古往今来文人骚客的文章中,蔚为天下奇观。再谈到昆明以及云南各处的茶花,那真可以说是天下无二。我们平常见到的花,雄奇的很多,秀丽的也不少。但兼有二者之长的,却绝无仅有。"国色朝酣酒,天香夜染衣",秀丽固秀丽矣,但雄奇则有所不足。高树顶上的槐花,雄奇固雄奇矣,秀丽则大为欠缺。兼有二者的,在印席我见到的有木棉花,在中国则是茶花。试想在高大的树上开着碗口大的五颜六色的花朵,秀色夺人眼目,姿态快人胸怀,绚丽多彩,宛如天空中一朵朵云霞,我们这些生长在北国的只见过雄奇而不秀丽,或只秀丽而不雄奇的花朵的人,看到这一些,难道能不为之惊叹不置吗?

倘若我们再登上龙门远眺,我们那惊叹不置的程度绝不会下于看到茶花。这里真称得上是天下奇景。试闭目想一想，在壁立千仞的悬岩峭壁上，硬是用人力一斧一凿，凿出了一条曲径、几座庙宇、许许多多的对联、无数尊的神像，难道不感到简直有点不可思议吗？这些对联绝不是空话俗套，而是描写了眼前的景色，抒发了人们登临的感受。"一径起细雨，千林散绿阴"，情景宛在眼前。"仰笑宛离天尺五，凭临恰在水中央"，把山高水长的景色描绘得具体生动。这只能用到龙门，绝不能移用到别处。所谓"水中央"当然是指的滇池。我们站在龙门最高处，俯瞰滇池，下临无地，五百里滇池尽收眼底。风帆点点，烟水茫茫，稻田青青，堤岸长长。古人诗云："气吞云梦泽，波撼岳阳城。"我们站在这里，大有"波撼昆明城"之感。甚至在水天渺茫中，我们仿佛还感到我们所在的龙门，都在随着水波的滚翻而轻轻地震摇。这就不仅是"波撼昆明城"，而是"波撼龙门巅"了。这还只是眼前的景色。这里还有许多优美的神话传说。比如对孝牛泉的传说等等。最优美的还是关于龙门最高处那一个奎星像的传说。这一座奎星像也是同其他庙宇神像一样是完全用石头雕成的。据说一个石匠用了毕生精力，雕凿这一座神像。雕到最后，只剩下奎星手中拿着的那一支笔了。也许是因为耗尽了精力，竟然失手把笔凿断。他一时怒恨交加，纵身投下悬崖，以身殉艺。不管这传说是真是假，不是对我们都很有启发吗？

这样的自然风光固然非常迷人。这里的淳朴民风迷人的程度绝不下于自然风光。外地到过昆明的人都会异口同声表示同感。我常常跟朋友开玩笑说，我不但迷信相面，而且还迷信相声（不是那个曲艺的相声）。我相信，从一个人的方言的声调中可以听出他的性格来。昆明的方言的声调透露出什么样的性格来呢？透露的是：淳朴、正直、热情、忠厚。当我第一次到昆明来的时候，从本地人说话的声调中，我就得了这样一个印象。以后我多次到过昆明，同本地人接触越来越多，就充分证实了我的印象。许多大大小小的事情，越来越证明我的看法颇有一些道理。前几天我在宾馆里同一位老同志开玩笑，说到我的迷信。他经过仔细地品味和考虑，竟然同意了我的看法。这就使我颇有点沾沾自喜了。真的，到过昆明的人，同本地人一接触，谁会不为他们那种诚恳淳朴的言谈举动所感动呢？谁会不感到来到这座春城就像处在盎然的春意中而怡然自得呢？在这样的情况下，我也就越来越喜欢昆明，越来越爱昆明人了。

昆明风光之美丽，民风之淳朴，确实都是值得赞美的，值得怀念的。但是昆明，也像全国各地一样，曾经经受过一番剧烈的凄风苦雨。在风雨交加中,我是泥菩萨过江,自身难保。有时候,特别是在失掉自由的时候,也胡思乱想,想到自己平生美好的际遇,想到所见所闻给我印象最深的人物和地方,其中当然也有昆明。一想到昆明的风光和民风,脑海里立刻就横七竖八地插上了一些茶花的影子、龙门的影子,耳边也仿佛响起了昆明人说话淳朴的声音。但是紧接着想到的就是:这些都是过去的事情了,与自己无缘了。自己今生大概再也不会重新见到昆明了。我是多么想念昆明啊!

  但是,出我意料之外地快,凄风苦雨终于过去了,我没有敢期望再见到的东西又见到了。对我来讲,简直像是一个奇迹:我现在又来到了昆明。我的那种边城之感,在前几次来的时候已经消逝无踪。现在看到的昆明是一座充满了阳光、花朵、诗情、画意的春城,同全国各地一样,昆明在经过了一番磨炼之后,现在不是磨倒,而是磨炼得更美丽、更明朗、更生动、更清新。我感到在这里太阳特别明亮,天空特别蔚蓝,空气特别新鲜,微风特别宜人,树木特别浓绿,花朵特别红艳。到了春城,我自然而然地想到唐代诗人韩翃的一首著名的诗《寒食》:

  春城无处不飞花,

寒食东风御柳斜。

日暮汉宫传蜡烛,

轻烟散入五侯家。

又是出我的意料,我在到昆明的当天下午带一位年轻的同志游翠湖的时候,竟在那里举办的一个花展和画展上看到有人用酣畅的书法书写的这一首诗。可见昆明人也是把这座春城同这一首名诗联系在一起的。我心里窃窃自喜。从此我又想到,昆明是一座有文化的城,这里的人是有高度文化的人。你只要看一看那些花盆上雕刻的字和画,甚至蒸鸡用的汽锅上的画和字,就能够知道,这里文化水平是多么高了。

我来到这里,当然不仅仅是欣赏花盆上和汽锅上的诗与画。我又到处去走了走。昆明的名胜古迹很多,我前几次来时,都已游遍,而且游了不止一次。但是这些地方都是百看不厌的,我这次当然不会放过重游的机会。我又游了龙门、华亭寺、太华寺、筇竹寺、曹溪寺、圆通寺、珍珠泉、温泉等地,在所谓"天下第一汤"的泉水洗了澡,而且还长途跋涉重游了石林,到处风光如旧而胜于旧。我到处重温旧梦,颇多感慨。在风雨飘摇中,这些古迹基本上没有遭到破坏,这是十分令人宽慰的。特别是游圆通寺的时候,我的感慨更是特别多。上一次来游时,大殿神像,完整无缺,回廊清池,一片肃穆气象,颇有"曲径通幽处,禅房花木深"之感。这次重游,寺院正在修缮,到处零乱地堆砖石,许多塑像都已不见。我一方面慨叹那种罪恶的破坏,使我憎恨过去的那一些蠢事。但是,在另一方面,看到重新油漆彩绘的殿堂,我眼前好像是乌云消尽,阳光普照,又对当前和将来,充满了希望。我们伟大的祖国,我们伟大祖国的未来,毕竟是蒸蒸日上、光辉无量的,不是任何人可以破坏得了的。我能不兴会淋漓、逸兴遄飞吗?

特别令我忆念难忘的是著名京剧演员关肃霜同志,她主演了全本《铁弓缘》。我虽然看了几十年京剧,但对京剧却完全是一个外行。不过外行也有外行的优点,他没有框框,不懂得清规戒律,他能看出一般内行人因囿于习惯而看不出来的东西。我自命就是这样一个外行。我真是惊诧于她那技巧的纯熟,功力的深厚,文武双全,唱作俱佳。在全国京剧演员中,像她这样的人才,恐怕已如凤毛麟角绝无仅有了。以半百之年,而且在饱经风霜之后,竟然还能达到这样炉火纯青的水平,我们所有观看她演出的人无不啧啧称扬,赞不绝口,难道是偶然的吗?当我们上台感谢她的演出时,她再三强调,自己演得不好。这种虚怀若谷的精神,更使我们非常感动。我上面再三讲到昆明人情之美。据我了解，关肃霜同志不是昆明人，但在昆明已经住了几十年，我现在把她也当作昆明人的代表，我想昆明人和她自己大概都不会出来反对吧！

总之，所有这一些风光之美，人情之美，这一次重游昆明，我都已经充分地享受到了。我真是感到无限的喜悦，无限的兴奋。在昆明短暂的停留，日子过得简直像在天堂里一般。但是，在我的内心深处我总感到好像缺少点什么，我感到有点不足，有点惘然，有点寂寞，有点凄凉，有点惆怅，有点悲哀。古人的诗说："冠盖满京华，斯人独憔悴。"我想改一改："冠盖满昆明，斯人独已逝。"昆明就缺少了一个人，这一个人在我前几次来昆明时，总是要见一面的。尽管时间极短，但是情谊很深。我之所以常常怀念昆明，同他也是不无关联的。然而，这一次重来，他却到哪里去了呢？我是多么怀念这个人啊！

这个人不是别人，就是李广田同志。

他原名曦晨，不知从什么时候改名广田。我们在中学并不是同学，第一次见面的情景，现在也回忆不清了。不知怎么一来，我们就认识了。在北京读书的时候，他在北大，我在清华。距离虽然很远，但也时常见面。他有时候从城内长途跋涉,到清华园去看我。相聚的时间不长,我却是非常喜欢他的。他的为人,正如他的诗文一样,恳切真挚,朴素无华,真正是文如其人,或者人如其文。后来,我离开祖国,到一个很遥远的地方去待了十多年。因为当时我们国家和世界上都正是多事之秋,我们没有能够通信。我回国以后,到了北京,他不久也到了北京。碰巧我们俩都担任了北京一个中学的校董。开会时又常常见面,一面叙旧,一面谈新,过了一段非常愉快的日子。又过了不久,他调到昆明在云南大学担任领导职务。我那时还没有到过昆明,只是从书本上和人们的口中知道昆明的情况,是所谓"四时无寒暑,一雨便成冬"的容易引起人们幻想的地方。曦晨这样一个人,到昆明这样一个地方来,我觉得真是珠联璧合,相得益彰。我为他祝贺,也为昆明祝贺。他调来昆明的第三年,我第一次到了昆明,同曦晨见了面。一别三年,他乡音无改,衣着如旧,站在我面前的还是那一个恳切真挚、朴素无华的我多年见惯了的曦晨。我们都没有想到我们竟在万里之外见了面,我心里真是非常高兴。以后,我几次到过或经过昆明,又同曦晨见过几面,都给我带来了极大的愉快。有时候在报纸杂志上读到他写的诗文,也都感到异常亲切。

然而,好景不长,上面已经提到的那一阵凄风苦雨突然飞袭过来。有一段相当长的时间，我同曦晨都失掉了自由。在那些暗无天日的日子里，我什么人、什么事都不能想，当然也不会想到曦晨。不知怎么一来，我竟然活了下来，又恢复了自由。由于一个偶然的机会，我听到了他的噩耗。我当时并不怎样悲哀：那种事情我已经听惯了，不以为怪了。我的心灵已经麻木了。

今天我又由于一个偶然的机会，来到了这一座我梦寐以求的春城。我重游了许多地方，重温了旧梦。自然风光之美和人情之美越使我高兴，我就越惘然若有所失，时时处处不禁悲从中来。那一个在我的记忆中同这一座春城总是联系在一起的人哪里去了呢？大街上，我看到熙熙攘攘的行人。这些人都是好人，都有愉快地自由地生存的权利，都有为祖国献身的权利，都有享受这一座春城的权利。然而我怀念的那一个人就没有这权利吗？在林林总总的人群中为什么独独竟少了那一个人呢？他同我岁数差不多，他是能够活下来的。他热爱新中国，热爱新中国的教育事业；他热爱生活，热爱这一座春城。他有一颗热忱的心，能够为祖国的教育事业贡献力量。他手里有一支生花的妙笔，他能够鼓吹升平，歌唱我们这一个太平盛世。他曾经高歌：

　　春光似海，

盛世如花。

他是多么热爱这似海的春光、如花的盛世啊！然而，这样一个人到哪里去了呢？我也是热爱这似海的春光、如花的盛世的，但我只觉得茫茫大地，独缺此人。我心灵里的空虚是无论如何也填补不起来的。我感到寂寞，感到凄凉；为了他，我将永远感到寂寞，感到凄凉。

我本来就是热爱这春城昆明的，现在又增加了一个促使我爱的因素。这里是广田生活过的地方，工作过的地方，他的遗骨又埋在这里。这就会使我的记忆的丝缕永远萦绕在一座美丽的春城周围。我将永远怀念广田，永远爱这座春城。

1979 年 3 月 2 日

我记忆中的老舍先生

老舍先生含冤逝世已经二十多年了。在这一段相当长的时间内,我经常想到他,想到的次数远远超过我认识他以后直至他逝世的三十多年。每次想到他,我都悲从中来。我悲的是中国失去一个热爱祖国、热爱人民的正直的大作家,我自己失去一位从年龄上来看算是师辈的和蔼可亲的老友。目前,我自己已经到了晚年,我的内心再也承受不住这一份悲痛,我也不愿意把它带着离开人间。我知道,原始人是颇为相信文字的神秘力量的,我从来没有这样相信过。但是,我现在宁愿做一个原始人,把我的悲痛和怀念转变成文字,也许这悲痛就能突然消逝掉,还我心灵的宁静,岂不是天大的好事吗?

我从高中时代起，就读老舍先生的著作，什么《老张的哲学》《赵子曰》《二马》，我都读过。到了大学以后，以及离开大学以后，只要他有新作出版，我一定先睹为快，什么《离婚》《骆驼祥子》等等，我都认真读过。最初，由于水平的限制，他的著作我不敢说全都理解。可是我总觉得，他同别的作家不一样。他的语言生动幽默，是地道的北京话，间或也夹上一点山东俗语。他没有许多作家那种忸怩作态让人读了感到浑身难受的非常别扭的文体，一种新鲜活泼的力量跳动在字里行间。他的幽默也同林语堂之流的那种着意为之的幽默不同。总之，老舍先生成了我毕生最喜爱的作家之一，我对他怀有崇高的敬意。

但是，我认识老舍先生却完全出于一个偶然的机会。20世纪30年代初，我离开了高中，到清华大学来念书。当时老舍先生正在济南齐鲁大学教书。济南是我的老家，每年暑假我都回去。李长之是济南人，他是我的唯一的一个小学、中学、大学"三连贯"的同学。有一年暑假，他告诉我，他要在家里请老舍先生吃饭，要我作陪。在旧社会，大学教授架子一般都非常大，他们与大学生之间宛然是两个阶级。要我陪大学教授吃饭，我真有点受宠若惊。及至见到老舍先生，他却全然不是我心目中的那种大学教授。他谈吐自然，蔼然可亲，一点架子也没有，特别是他那一口地道的京腔，铿锵有致，听他说话，简直就像是听音乐，是一种享受。从那以后，我们就算是认识了。

以后是激烈动荡的几十年。我在大学毕业以后，在济南高中教了一年国文，就到欧洲去了，一住就是十一年。中国胜利了，我才回来，在南京住了一个暑假。夜里睡在国立编译馆长之的办公桌上；白天没有地方待，就到处云游，什么台城、玄武湖、莫愁湖等等，我游了一个遍。老舍先生好像同国立编译馆有什么联系。我常从长之口中听到他的名字，但是没有见过面。到了秋天，我也就离开了南京，乘海船绕道秦皇岛，来到北平。

以后又是更为激烈震荡的三年。用美式装备武装到牙齿的国民党反动军队，被彻底消灭。蒋介石一小撮逃到台湾去了。中国人民苦斗了一百多年，终于迎来了解放的春天。我们这一群知识分子都亲身感受到，我们确实已经站起来了。就在这样的情况下，我在当时所谓故都又会见了老舍先生，上距第一次见面已经有二十多年了。

我现在已经记不清楚我们重逢时的情景，但是我却清晰地记得起20世纪50年代初期召开的一次汉语规范化会议时的情景。当时语言学界的知名人士，以及曲艺界的名人，都被邀请参加，其中有侯宝林、马增芬姊妹等等。老舍先生、叶圣陶先生、罗常培先生、吕叔湘先生、黎锦熙先生等等都参加了。这是解放后语言学界的第一次盛会。当时还没有达到会议成灾的程度，因此大家的兴致都很高，会上的气氛也十分亲切融洽。

有一天中午，老舍先生忽然建议，要请大家吃一顿地道的北京饭。大家都知道，老舍先生是地道的北京人，他讲的地道的北京饭一定会是非常地道的，都欣然答应。老舍先生对北京人民生活之熟悉，是众所周知的。有人戏称他为"北京土地爷"。他结交的朋友，三教九流都有。他能一个人坐在大酒缸旁，同洋车夫、旧警察等旧社会的"下等人"，开怀畅饮，亲密无间，宛如亲朋旧友，谁也感觉不到他是大作家、名教授、留洋的学士。能做到这一步的，并世作家中没有第二人。这样一位老北京想请大家吃北京饭，大家的兴致哪能不高涨起来呢？商议的结果是到西四砂锅居去吃白煮肉，当然是老舍先生做东。他同饭馆的经理一直到小伙计都是好朋友，因此饭菜极佳，服务周到。大家尽兴地饱餐了一顿。虽然是一顿简单的饭，然而却令人毕生难忘。当时参加宴会今天还健在的叶老、吕先生大概还都记得这一顿饭吧。

还有一件小事，也必须在这里提一提。忘记了是哪一年了，反正我还住在城里翠花胡同没有搬出城外。有一天，我到东安市场北门对门的一家著名的理发馆里去理发，猛然瞥见老舍先生也在那里，正躺在椅子上，下巴上白乎乎的一团肥皂泡沫，正让理发师刮脸。这不是谈话的好时机，只寒暄了几句，就什么也不说了。等我坐在椅子上时，从镜子里看到他跟我打招呼，告别，看到他的身影走出门去。我理完发要付钱时，理发师说：老舍先生已经替我付过了。这样芝麻绿豆的小事殊不足以见老舍先生的精神，但是，难道也不足以见他这种细心体贴人的心情吗？

老舍先生的道德文章，光如日月，巍如山斗，用不着我来细加评论，我也没有那个能力。我现在写的都是一些小事。然而小中见大，于琐细中见精神，于平凡中见伟大，豹窥一斑，鼎尝一脔，不也能反映出老舍先生整个人格的一个缩影吗？

中国有一句俗话："好死不如赖活着。"这一句话道出了一个真理。一个人除非万不得已绝不会自己抛掉自己的生命。印度梵文中"死"这个动词，变化形式同被动态一样。我一直觉得非常有趣，非常有意思。印度古代语法学家深通人情，才创造出这样一个形式。死几乎都是被动的。有几个人主动地去死呢？老舍先生走上自沉这一条道路，必有其不得已之处。有人说，人在临死前总会想到许多许多东西的，他会想到自己的一生的。可惜我还没有这个经验，只能在这里胡思乱想。当老舍先生徘徊在湖水岸边决心自沉时，眼望湖水茫茫，心里悲愤填膺，唤天天不应，唤地地不答，悠悠天地，仿佛只剩下自己孤身一人，他会想到自己的一生吧！这一生是忠诚于祖国、忠诚于人民的一生，然而到头来却落到这等地步。为什么呢？究竟是为什么呢？如果自己留在美国不回来，著书立说，优游自在，洋房、汽车、声名禄利，无一缺少，舒舒服服地过一辈子，说不定能寿登耄耋，富埒王侯。他不是为了热爱自己的祖国母亲，才毅然历尽艰辛回来的吗？是今天祖国母亲无法庇护自己那远方归来的游子了呢？还是不愿意庇护了呢？我猜想，老舍先生绝不会埋怨自己的祖国母亲，祖国母亲永远是可爱的，在任何情况下都是可爱的。他也绝不会后悔回来的。但是，他确实有一些问题难以理解，他只有横下一条心，一死了之。这样的问题，我们今天又有谁能够理解呢？我想，老舍先生还会想到自己院子里种的柿子树和菊花。他当然也会想到自己的亲人，想到自己的朋友。所有这一些都是十分美好可爱的。对于这一些难道他就一点也不留恋吗？绝不会的，绝不会。但是，有一种东西梗在他的心中，像大毒蛇缠住了他，他只能纵身一跳，投入波心，让弥漫的湖水给自己带来解脱了。

两千多年以前,屈原自沉于汨罗江。他行吟泽畔,心里想的恐怕同老舍先生有类似之处吧。他想到:"蝉翼为重,千钧为轻;黄钟毁弃,瓦釜雷鸣。"他又想到:"世人皆浊我独清,众人皆醉我独醒。"难道老舍先生也这样想过吗?这样的问题,有谁能够答复我呢?恐怕到了地球末日也没有人能答复了。我在泪眼模糊中,看到老舍先生戴着眼镜,在和蔼地对我笑着;我耳朵里仿佛听到了他那铿锵有节奏的北京话。我浑身颤抖,连灵魂也在剧烈地震动。

呜呼!我欲无言。

1987 年 10 月 1 日晨

回忆梁实秋先生

我认识梁实秋先生,同他来往,前后也不过两三年,时间是很短的。但是,他留给我的回忆却是很长很长的。分别之后,到现在已经四十年了。我仍然时常想到他。

1946年夏天,我在离开了祖国十一年之后,受尽了千辛万苦,又回到了祖国怀抱,到了南京。当时刚刚打败了日本侵略者,国民党的劫收大员正在全国满天飞,搜括金银财宝,兴高采烈。我这一介书生,"无条无理",手里没有几个钱,北京大学还没有开学,拿不到工资,住不起旅馆,只好借住在我小学同学李长之在国立编译馆的办公室内。他们白天办公,我就出去游荡,晚上回来,睡在办公桌上。早晨一起床,赶快离开。国立编译馆地处台城下面,我多半在台城上云游。什么鸡鸣寺、胭脂井，我几乎天天都到。再走远一点，出城就到了玄武湖。山光水色，风物怡人。但是我并没有多少闲情逸致，观赏风景。我的处境颇像旧戏中的秦琼，我心里琢磨的是怎样卖掉黄骠马。

我这样天天游荡，梦想有朝一日自己能安定下来，有一间房子，有一张书桌。别的奢望，一点没有。我在台城上面看到郁郁葱葱的古柳，心头不由地涌出了古人的诗：

江雨霏霏江草齐
六朝如梦鸟空啼
无情最是台城柳
依旧烟笼十里堤

这里讲的仅仅是六朝。从六朝到现在，又不知道有多少朝多少代过去了。古柳依然是葱茏繁茂，改朝换代并没有影响了它们的情绪。今天我站在古柳面前，一点也没有觉得它们"无情"，我觉得它们有情得很。我天天在六月的炎阳下奔波游荡，只有在台城古柳的浓荫下才能获得片刻的清凉，让我能够坐下来稍憩一会儿。我难道不该感激这些古柳而还说三道四吗？

又过了一些时候，有一天长之告诉我，梁实秋先生全家从重庆复员回到南京了。梁先生也在国立编译馆工作。我听了喜出望外。我不认识梁先生，论资排辈，他大我十几岁，应该算是我的老师。他的文章我在清华大学读书时就读过不少，很欣赏他的文才，对他潜怀崇敬之情。万万没有想到竟在南京能够见到他。见面之后，立刻对他的人品和谈吐十分倾倒。没有经过什么繁文缛节，我们成了朋友。我记得，他曾在一家大饭店里宴请过我。梁夫人和三个孩子：文茜、文蔷、文骐，都见到了。那天饭菜十分精美，交谈更是异常愉快，给我留下了深刻的印象，至今忆念难忘。我自谓尚非馋嘴之辈，可为什么独独对酒宴记得这样清楚呢？难道自己也属于饕餮大王之列吗？这真叫作没有法子。

解放前夕，实秋先生离开了北平，到了台湾，文茜和文骐留下没有走。在那极"左"的时代，有人把这一件事看得大得不得了。现在看来，也没有什么了不起的。一个人相信马克思主义，这当然很好，这说明他进步。一个人不相信，或者暂时不相信，他也完全有自由，这也绝非反革命。我自己过去不是也不相信马克思主义吗？从来就没有哪一个人一生下就是马克思主义者，连马克思本人也不是，遑论他人。我们今天知人论事，要抱实事求是的态度。

至于说梁实秋同鲁迅有过一些争论，这是事实。是非曲直，暂作别论。我们今天反对对任何人搞"凡是"，对鲁迅也不例外。鲁迅是一个伟大人物，这谁也否认不掉。但不能说凡是鲁迅说的都是正确的。今天，事实已经证明，鲁迅也有一些话是不正确的，是形而上学的，是有偏见的。难道因为他对梁实秋有过批评意见，梁实秋这个人就应该永远打入十八层地狱吗？

实秋先生活到耄耋之年。他的学术文章，功在人民，海峡两岸，有目共睹，谁也不会有什么异辞。我想特别提出一点来说一说。他到了老年，同胡适先生一样，并没有留恋异国，而是回到台湾定居。这充分说明，他是热爱我们祖国大地的。至于他的为人毫无架子，像对我和李长之这样年轻一代的人，竟也平等对待，态度真诚和蔼，更令人难忘。这种作风，即使不是绝无仅有，也总算是难能可贵。对我们今天已经成为前辈的人，不是很有教育意义吗？

去年，他的女儿文茜和文蔷奉父命专门来看我。我非常感动，知道他还没有忘掉我。这勾引起我回忆往事。回忆虽然如云如烟，但是感情却是非常真实的。我原期望还能在大陆见他一面，不意他竟尔仙逝。我非常悲痛，想写点什么，终未果。去年，他的夫人从台湾来北京举行追思会。我正在南京开会，没能亲临参加，只能眼望台城，临风凭吊。我对他的回忆将永远保留在我的心中，直至我不能回忆为止。我的这一篇短文，他当然无法看到了。但是，我仿佛觉得，而且痴情希望，他能看到。四十年音问未通，这是仅有的一次也是最后一次通音问了。悲夫！

1988 年 3 月 26 日

悼念沈从文先生

去年有一天，老友肖离打电话告诉我，从文先生病危，已经准备好了后事。我听了大吃一惊，悲从中来。一时心血来潮，提笔写了一篇悼念文章，自诩为倚马可待，情文并茂。然而，过了几天，肖离又告诉我说，从文先生已经脱险回家。我心里一块石头落了地，又窃笑自己太性急，人还没去，就写悼文，实在非常可笑。我把那一篇"杰作"往旁边一丢，从心头抹去了那一件事，稿子也沉入书山稿海之中，从此"云深不知处"了。

到了今年，从文先生真正去世了。我本应该写点什么的。可是，由于有了上述一段公案，懒于再动笔，一直拖到今天。同时我注意到，像沈先生这样一个人，悼念文章竟如此之少，有点不太正常,我也有点不平。考虑再三,还是自己披挂上马吧。

我认识沈先生已经五十多年了。当我还是一个大学生的时候,我就喜欢读他的作品。我觉得,在所有的并世的作家中,文章有独立风格的人并不多见。除了鲁迅先生之外,就是从文先生。他的作品,只要读上几行,立刻就能辨认出来,绝不含糊。他出身湘西的一个破落小官僚家庭,年轻时当过兵,没有受过多少正规的教育。他完全是自学成家。湘西那一片有点神秘的土地,其怪异的风土人情,通过沈先生的笔而大白于天下。湘西如果没有像沈先生这样的大作家和像黄永玉先生这样的大画家,恐怕一直到今天还是一片充满了神秘的 terra incognita(没有人了解的土地)。

我同沈先生打交道,是通过一件不大不小的事情。丁玲的《母亲》出版以后,我读了觉得有一些意见要说,于是写了一篇书评,刊登在郑振铎、靳以主编的《文学季刊》创刊号上。刊出以后,我听说,沈先生有一些意见。我于是立即写了一封信给他,同时请郑先生在《文学季刊》创刊号再版时,把我那一篇书评抽掉。也许是就由于这一个不能算是太愉快的因缘,我们就认识了。我当时是一个穷学生,沈先生是著名的作家。社会地位,虽不能说如云泥之隔,毕竟差一大截子。可是他一点名作家的架子也不摆,这使我非常感动。他同张兆和女士结婚,在北京前门外大栅栏撷英番菜馆设盛大宴席,我居然也被邀请。当时出席的名流如云。证婚人好像是胡适之先生。

从那以后,有很长的时间,我们并没有多少接触。我到欧洲去住了将近十一年。他在抗日烽火中在昆明住了很久,在西南联大任国文系教授。彼此音问断绝。他的作品我也读不到了。但是,有时候,不知是出于什么原因,我在饥肠辘辘、机声嗡嗡中,竟会想到他。我还是非常怀念这一位可爱、可敬、淳朴、奇特的作家。

一直到1946年夏天,我回到祖国。这一年的深秋,我终于又回到了别离了十几年的北平。从文先生也于此时从云南复员来到北大,我们同在一个学校任职。当时我住在翠花胡同,他住在中老胡同,都离学校不远,因此我们也相距很近。见面的次数就多了起来。他曾请我吃过一顿相当别致、毕生难忘的饭,云南有名的汽锅鸡。锅是他从昆明带回来的,外表看上去像宜兴紫砂,上面雕刻着花卉书法,古色古香,虽系厨房用品,然却古朴高雅,简直可以成为案头清供,与商鼎周彝斗艳争辉。

就在这一次吃饭时,有一件小事给我留下了深刻的印象。

当时要解开一个用麻绳捆得紧紧的什么东西。只需用剪子或小刀轻轻地一剪一割，就能开开。然而从文先生却抢了过去，硬是用牙把麻绳咬断。这一个小小的举动，有点粗劲，有点蛮劲，有点野劲，有点土劲，并不高雅，并不优美。然而，它却完全透露了沈先生的个性。在达官贵人、高等华人眼中，这简直非常可笑，非常可鄙。可是，我欣赏的却正是这一种劲头。我自己也许就是这样一个"土包子"，虽然同那一些只会吃西餐、穿西装、半句洋话也不会讲偏又自认为是"洋包子"的人比起来，我并不觉得低他们一等。不是有一些人也认为沈先生是"土包子"吗？

还有一件小事，也使我忆念难忘。有一次我们到什么地方去游逛，可能是中山公园之类。我们要了一壶茶。我正要拿起壶来倒茶，沈先生连忙抢了过去，先斟出了一杯，又倒入壶中，说只有这样才能把茶味调得均匀。这当然是一件微不足道的小事，然而在琐细中不是更能看到沈先生的精神吗？

小事过后，来了一件大事：我们共同经历了北平的解放。在这个关键时刻，我并没有听说，从文先生有逃跑的打算。他的心情也是激动的，虽然他并不故做革命状，以达到某种目的，他仍然是朴素如常。可噩运还是降临到他头上来。一个著名的马列主义文艺理论家,在香港出版的一个进步的文艺刊物上,发表了一篇长文,题目大概是什么《文坛一瞥》之类,前面有一段相当长的修饰语。这一位理论家视觉似乎特别发达,他在文坛上看出了许多颜色。他"一瞥"之下,就把沈先生"瞥"成了粉红色的小生。我没有资格对这一篇文章发表意见。但是,沈先生好像是当头挨了一棒,从此被"瞥"下了文坛,销声匿迹,再也不写小说了。

一个惯于舞笔弄墨的人,一旦被剥夺了写作的权利,他心里是什么滋味,我说不清,他有什么苦恼,我也说不清。然而,沈先生并没有因此而消沉下去。文学作品不能写,还可以干别的事嘛。他是一个精力旺盛的人,他是一个闲不住的人,他转而研究起中国古代的文物来,什么古纸、古代刺绣、古代衣饰等等,他都研究。凭了他那一股惊人的钻研的能力,过了没有多久,他就在新开发的领域内取得了可喜的成绩。他那一本讲中国服饰史的书,出版以后,洛阳纸贵,受到国内外一致的高度的赞扬。他成了这方面权威。他自己也写章草,又成了一个书法家。

有点讽刺意味的是,正当他手中的写小说的笔被"瞥"掉的时候,从国外沸沸扬扬传来了消息,说国外一些人士想推选他做诺贝尔文学奖金的候选人。我在这里着重声明一句,我们国内有一些人特别迷信诺贝尔奖金,迷信的劲头,非常可笑。试拿我们中国没有得奖的那几位文学巨匠同已经得奖的欧美的一些作家来比一比,其差距简直有如高山与小丘。同此辈争一日之长,有这个必要吗!推选沈先生当候选人的事是否进行过,我不得而知。沈先生怎样想,我也不得而知。我在这里提起这一件事,只不过把它当作沈先生一生中一个小小的插曲而已。

  我曾在几篇文章中都讲到,我有一个很大的缺点(优点?),我不喜欢拜访人。有很多可尊敬的师友,比如我的老师朱光潜先生、董秋芳先生等等,我对他们非常敬佩,但在他们健在时,我很少去拜访。对沈先生也一样。偶尔在什么会上,甚至在公共汽车上相遇,我感到非常亲切,他好像也有同样的感情。他依然是那样温良、淳朴,时代的风风雨雨在他身上,似乎没有留下什么痕迹,说白了就是没有留下伤痕。一谈到中国古代科技、艺术等等,他就喜形于色,眉飞色舞,娓娓而谈,如数家珍,天真得像一个大孩子。这更增加了我对他的敬意。我心里曾几次动过念头:去看一看这一位可爱的老人吧!然而,我始终没有行动。现在人天隔绝,想见面再也不可能了。

  有生必有死,是大自然的规律。我知道,这个规律是违抗不得的，我也从来没有想去违抗。古代许多圣君贤相，聪明一世，糊涂一时，想方设法，去与这个规律对抗，妄想什么长生不老，结果却事与愿违，空留下一场笑话。这一点我很清楚。但是，生离死别，我又不能无动于衷。古人云：太上忘情。我是一个微不足道的凡人，无论如何也做不到忘情的地步，只有把自己钉在感情的十字架上了。我自谓身体尚颇硬朗，并不服老。然而，曾几何时，宛如黄粱一梦，自己已接近耄耋之年。许多可敬可爱的师友相继离我而去。此情此景，焉能忘情？现在从文先生也加入了去者的行列。他一生安贫乐道，淡泊宁静，死而无憾矣。对我来说，忧思却着实难以排遣。像他这样一个有特殊风格的人，现在很难找到了。我只觉得大地茫茫，顿生凄凉之感。我没有别的本领，只能把自己的忧思从心头移到纸上，如此而已。

1988年11月2日写于香港中文大学会友楼

寿寿彝

寿彝同志行年八十了。我认识他已经将近半个世纪，超过了他现在年龄的一半，时间不能算短了。但是我们的友情却是与日俱浓。其中也并没有什么奥秘。中国古人说："人之相知，贵相知心。"在这样漫长的时间内，我越来越明确地感觉到，寿彝同志的心是淳朴的、开朗的、正直的、敦厚的。我们俩的共同老友臧克家同志经常同我谈到寿彝，谈起来总是赞不绝口。他的看法同我没有什么差别。可见我的感觉是实事求是的，并非个人偏见。

作为一个人，一个朋友，寿彝同志是这样子。作为一个学者，他同样对我有极大的吸引力。二十多年前，我们俩共同奉使到伊拉克去参加巴格达建城一千五百周年庆典，转道赴埃及开罗。我们天天在一起，参观金字塔，拜谒狮身人面像，除了用眼睛外，还要用嘴。我们几乎是无所不谈，但是谈学问之事居多。我们共同的爱好是历史，历史就成了我们谈话的主题。我是野狐谈禅，他是巍然大家，我们俩不在一个水平上。他曾长时间地向我谈了他对中国史学史的看法，我大有茅塞顿开之感。中国是世界上最重视历史的国家，史籍之多，浩如烟海；名家辈出，灿如列星。史学理论当然也如百花齐放，在世界上堪称独步。治中国史学史必能丰富世界史学理论，为世界史苑增添奇花异卉。这是中国史学界义不容辞的责任。然而在目前中国，中国史学史这一门学问却给人以凋零衰颓的印象。这不能不说是极大的憾事。寿彝同志是一个有心人，他治中国史学史有年矣。他对几千年中国史学，其中也包括史学理论，有深刻、细致、系统的看法。但是他做学问一向谨严，决不肯把自己认为还不成熟的看法写成文章，公之于世。如果换一个人，早已经大文屡出，著作等身了。我们在开罗逍遥期间，他对我比较详细地谈了他对中国史学史的看法，我受到很大的启发，自认是闻所未闻。回国以后，我们见面，我经常催问他：中国史学史写得怎样了？可见我对此事之关切。

在中国目前社会上对三教九流人等的分类上，寿彝和我都应归入"社会活动家"这一流的。我们同蹶文山之上,同没会海之中。这样一来,我们见面的机会反而多起来了,真所谓"塞翁失马,焉知非福"。每次见面,我们都从内心深处感到异常亲切。这样的感觉,历久而不衰,实在是难能可贵的。

现在寿彝八十岁了。按照旧日的说法,他可以说是已经"寿登耄耋"了。但是,今天的情况已经大大地改变,老皇历查不得了。前几天,我招待韩国的一位大学校长。我们开玩笑说:古人说,六十花甲;我们现在应该改成八十花甲,九十古稀。那么,寿彝现在刚刚达到花甲之年,距古稀还有十年之久,从年龄上来说,他还大有可为。就算是九十古稀吧,今天也并不太稀。我的老师就颇有几位达到九十高龄的,我的一位美国老师活到一百零几岁。我常说,今天我们再也不能祝人"长命百岁"了。因为这似乎有限制的意味,限制人家只能活到百岁。因此,我现在祝寿彝长命一百岁以上,祝他再为中国史学史工作二十年以上。

1988 年 12 月 3 日

忆念胡也频先生

　　胡也频,这个在中国近代革命史上和文学史上宛如夏夜流星一闪即逝但又留下永恒光芒的人物,知道其名者很多很多,但在脑海中尚能保留其生动形象者,恐怕就很少很少了。

　　我有幸是其中的一个。

　　我初次见到胡先生是六十年前在山东济南省立高中的讲台上。我当时只有十八岁,是高中三年级的学生。他个子不高,人很清秀,完全是一副南方人的形象。此时日军刚刚退出了被占领一年的济南。国民党的军队开了进来,教育有了改革。旧日的山东大学附设高中改为省立高中。校址由绿柳红荷交相辉映的北园搬到车水马龙的杆石桥来,环境大大地改变了,校内颇有一些新气象。专就国文这一门课程而谈,在一年前读的还是《诗经》《书经》和《古文观止》一类的书籍，现在完全改为读白话文学作品。作文也由文言文改为白话文。教员则由前清的翰林、进士改为新文学家。对于我们这一批年轻的大孩子来说，顿有耳目为之一新的感觉。大家都兴高采烈了。

高中的新校址是清代的一个什么大衙门，崇楼峻阁，雕梁画栋，颇有一点威武富贵的气象。尤其令人难忘的是里面有一个大花园。园子的全盛时期早已成为往事。花坛不修，水池干涸，小路上长满了草。但是花木却依然青翠茂密，浓绿扑人眉宇。到了春天，夏天，仍然开满似锦的繁花，把这古园点缀得明丽耀目。枝头、丛中时有鸟鸣声，令人如入幽谷。老师们和学生们有时来园中漫步，各得其乐。

胡先生的居室就在园门口旁边，常见他走过花园到后面的课堂中去上课。他教书同以前的老师完全不同。他不但不讲《古文观止》，好像连新文学作品也不大讲。每次上课，他都在黑板上大书："什么是现代文艺？"几个大字，然后滔滔不绝地讲了起来，直讲得眉飞色舞，浓重的南方口音更加难懂了。下一次上课，黑板上仍然是七个大字："什么是现代文艺？"我们这一群年轻的大孩子听得简直像着了迷。我们按照他的介绍买了一些当时流行的马克思主义文艺理论书籍。那时候,"马克思主义"这个词儿是违禁的,人们只说"普罗文学"或"现代文学",大家心照不宣,谁也了解。有几本书的作者我记得名叫弗里茨,以后再也没见到这个名字。这些书都是译文,非常难懂。据说是从日文转译的俄国书籍。恐怕日文译者就不太懂俄文原文,再转为汉文,只能像"天书"了。我们当然不能全懂,但是仍然怀着朝圣者的心情,硬着头皮读下去。生吞活剥,在所难免。然而"现代文艺"这个名词却时髦起来,传遍了高中的每一个角落,仿佛为这古老的建筑增添了新的光辉。

我们这一批年轻的中学生其实并不真懂什么"现代文艺",更不全懂什么叫"革命"。胡先生在这方面没有什么解释。但是我们的热情却是高昂的,高昂得超过了需要。当时还是国民党的天下,学校大权当然掌握在他们手中。国民党最厌恶、最害怕的就是共产党,似乎有不共戴天之仇,必欲除之而后快。在这样的气氛下,胡先生竟敢明目张胆地宣传"现代文艺",鼓动学生革命,真如太岁头上动土。国民党对他的仇恨是完全可以想象的。

胡先生却是处之泰然。我们阅世未深,对此完全是麻木的。胡先生是有社会经历的人,他应该知道其中的利害。可是他也毫不在乎。只见他那清瘦的小个子,在校内课堂上,在那座大花园中,迈着轻盈细碎的步子,上身有点向前倾斜,匆匆忙忙,仓仓促促,满面春风,忙得不亦乐乎。他照样在课堂上宣传他的"现代文艺",侃侃而谈,视敌人如草芥,宛如走入没有敌人的敌阵中。

他不但在课堂上宣传,还在课外进行组织活动。他号召组织了一个现代文艺研究会,由几个学生积极分子带头参加,公然在学生宿舍的走廊上,摆上桌子,贴出布告,昭告全校,踊跃参加。当场报名、填表,一时热闹得像是过节一样。时隔六十年,一直到今天,当时的情景还历历如在眼前,当时的笑语声还在我耳畔回荡,留给我的印象之深,概可想见了。

有了这样一个组织,胡先生还没有满足,他准备出一个刊物,名称我现在忘记了。第一期的稿子中有我的一篇文章,名叫《现代文艺的使命》。内容现在完全忘记了,无非是革命、革命、革命之类。以我当时的水平之低,恐怕都是从"天书"中生吞活剥地抄来了一些词句,杂凑成篇而已,绝不会是什么像样的文章。

正在这时候,当时蜚声文坛的革命女作家、胡先生的夫人丁玲女士到了济南省立高中,看样子是来探亲的。她是从上海去的。当时上海是全国最时髦的城市,领导全国的服饰的新潮流。丁玲的衣着非常讲究,大概代表了上海最新式的服装。相对而言，济南还是相当闭塞淳朴的。丁玲的出现，宛如飞来的一只金凤凰，在我们那些没有见过世面的青年学生眼中，她浑身闪光，辉耀四方。

记得丁玲那时候比较胖，又穿了非常高的高跟鞋。济南比不了上海，马路坑坑洼洼，高低不平。高中校内的道路，更是年久失修。穿平底鞋走上去都不太牢靠，何况是高跟鞋。看来丁玲就遇上了"行路难"的问题。胡先生个子比丁玲稍矮，夫人"步履维艰"，有时要扶着胡先生才能迈步。我们这些年轻的学生看了这情景，觉得非常有趣。我们就窃窃私议，说胡先生成了丁玲的手杖。我们其实不但毫无恶意，而且是充满了敬意的。在我们心中真觉得胡先生是一个好丈夫，因此对他更增加了崇敬之感，对丁玲我们同样也是尊敬的。

不管胡先生怎样处之泰然，国民党却并没有睡觉。他们的统治机器当时运转得还是比较灵的。国民党对抗大清帝国和反动军阀有过丰富的斗争经验，老谋深算，手法颇多。相比之下，胡先生这个才不过二十多岁的真正的革命家，却没有多少斗争经验，专凭一股革命锐气，革命斗志超过革命经验，宛如初生的犊子不怕虎一样，头顶青天，脚踏大地，把活动都摆在光天化日之下。这确实值得尊敬。但是，勇则勇矣，面对强大的掌握大权的国民党，是注定要失败的。这一点，我始终不知道，胡先生是否意识到了。这个谜将永远成为一个谜了。

事情果然急转直下。有一天，国文课堂上见到的不再是胡先生那瘦小的身影，而是一位完全陌生的老师。全班学生都为之愕然。小道消息说，胡先生被国民党通缉，连夜逃到上海去了。到了第二年，1931年，他就同柔石等四人在上海被国民党逮捕，秘密杀害，身中十几枪。当时他只有二十八岁。

鲁迅先生当时住在上海，听到这消息以后，他怒发冲冠，拿起如椽巨笔，写了这样一段话："我们现在以十分的哀悼和铭记，纪念我们的战死者，也就是要牢记中国无产阶级革命文学的历史的第一页，是同志的鲜血所记录，永远在显示敌人的卑劣的凶暴和启示我们的不断的斗争。"（《二心集》）这一段话在当时真能掷地作金石声。

胡先生牺牲到现在已经六十年了。如果他能活到现在，也不过八十七八岁，在今天还不算是太老，正是"余霞尚满天"的年龄，还是大有可为的。而我呢，在这一段极其漫长的时间内，经历了极其曲折复杂的行程，天南海北，神州内外，高山大川，茫茫巨浸；走过阳关大道，也走过独木小桥。到了今天，我已由一个不到二十岁的中学生变成了皤然一翁，心里面酸甜苦辣，五味俱全。但是胡先生的身影忽然又出现在眼前,我有点困惑。我真愿意看到这个身影,同时却又害怕看到这个身影,我真有点诚惶诚恐了。我又担心,等到我这一辈人同这个世界告别以后,脑海中还能保留胡先生身影者,大概也就要完全彻底地从地球上消逝了。对某一些人来说,那将是一个永远无法弥补的损失。在这里,我又有点欣慰:看样子,我还不会在短期中同地球"拜拜"。只要我在一天,胡先生的身影就能保留一天。愿这一颗流星的光芒尽可能长久地闪耀下去。

1990年2月9日

晚节善终　大节不亏
——悼念冯芝生（友兰）先生

芝生先生离开我们，走了。对我来说，这噩耗既在意内，又出意外。约莫三四个月以前，我曾到医院去看过他，实际上含有诀别的意味。但是，过了不久，他又奇迹般地出了院。后来又听说，他又住了进去。以九十五周岁的高龄，对医院这样几出几进，最后终于永远离开了医院，也离开了我们。难道说这还不是意内之事吗？

可是芝生先生对自己的长寿是充满了信心的。他在八八自寿联中写道：

何止于米？相期以茶。

胸怀四化，寄意三松。

米寿指八十八岁，茶寿指一百零八岁。他活到九十五岁，离茶寿还有十三年，当然不会满足的。去年，中国文化书院准备为他庆祝九十五岁诞辰，并举办国际学术讨论会。他坚持要到今年九十五周岁时举办。可见他信心之坚。他这种信心也感染了我们。我们都相信，他会创造奇迹的。今年的庆典已经安排妥帖，国内外请柬都已发出，再过一个礼拜，就要举行了。可惜他偏在此时离开了我们。使庆祝改为悼念。不说这是意外又是什么呢？

在芝生先生弟子一辈的人中，我可能是接触到冯友兰这个名字的最早的人。1926年，我在济南一所高中读书。这是一所文科高中。课程中除了中外语文、历史、地理、心理、伦理、《诗经》、《书经》等等以外，还有一门人生哲学，用的课本就是芝生先生的《人生哲学》。我当时只有十五岁，既不懂人生，也不懂哲学。但是对这一门课的内容，颇感兴趣。从此芝生先生的名字，就深深地印在我的心中。我认为，他是一个高不可攀的大人物。屈指算来，现在已有六十四年了。

后来，我考进了清华大学，入西洋文学系。芝生先生是文学院院长。当时清华大学规定,文科学生必须选一门理科的课,逻辑学可以代替。我本来有可能选芝生先生的课,临时改变主意,选了金岳霖先生的课。因此我一生没有上过芝生先生的课。在大学期间,同他根本没有来往,只是偶尔听他的报告或者讲话而已。

时过境迁,我大学毕业后,当了一年高中国文教员,到欧洲去漂泊了将近十一年。抗日战争后,回到了祖国。由于陈寅恪先生的介绍,到北大来工作。这时芝生先生从大后方复员回到北平,仍然在清华任教。我们没有接触的机会。只是偶尔从别人口中得知芝生先生在西南联大时的情况,也有过一些议论。这在当时是难以避免的。至于真相究竟如何,谁也不去探究了。

不久就迎来了解放。据我的推测,芝生先生本来有资格到台湾去的。然而他留下没走,同我们共同度过了一段既感到光明又感到幸福的时刻。至于他是怎样想的,我完全不知道。不管怎样,他的朋友和弟子们从此对他有了新的认识,这却是事实。他曾给毛泽东同志写过一封信,毛主席回复了一封比较长的信。我听他亲口读过,他当时是异常激动的。此是后话,这里暂且不表了。

不久,我国政府组成了一个文化代表团,应邀赴印度和缅甸访问。这是新中国开国后第一个比较大型的出访代表团。团员中颇有一些声誉卓著、有代表性的学者、文学家和艺术家。丁西林任团长，郑振铎、陈翰笙、钱伟长、吴作人、常书鸿、张骏祥、周小燕等等，以及芝生先生都是团员，我也滥竽其中。秘书长是刘白羽。因为这个团很重要，周总理亲自关心组团的工作，亲自审查出国展览的图片。记得是，1951年整个夏天，我们都在做准备工作，最费事的是画片展览。我们到处拍摄、搜集能反映新中国新气象的图片，最后汇总在故宫里面的一个大殿里，满满的一屋子，请周总理最后批准。我们忙忙碌碌，过了一个异常紧张但又兴奋愉快的夏天。

那一年国庆节前，我们到了广州，参加了观礼活动。我们在广州又住了一段时间，将讲稿或其他文件译为英文，做好最后的准备工作。此时，广州解放时间不长，国民党的飞机有时还来骚扰，特务活动也时有所闻。我们出门，都有便衣怀藏手枪的保安人员跟随，暗中加以保护。我们一切都准备好后，便乘车赴香港，换乘轮船，驶往缅甸，开始了对五天竺和缅甸的长达几个月的长征。……

从此以后，我们全团十几个人就马不停蹄，跋山涉水，几乎是一天换一个新地方，宛如走马灯一般，脑海里天天有新印象,眼前时时有新光景,乘船、乘汽车、乘火车、乘飞机,几乎看尽了春、夏、秋、冬四季风光,享尽了印缅人民无法形容的热情的款待。我不能忘记,我们曾在印度洋的海船上,看飞鱼飞跃。晚上在当空的皓月下,面对浩渺蔚蓝的波涛,追怀往事。我不能忘记,我们在印度闻名世界的奇迹泰姬陵上欣赏"琼楼玉宇高处不胜寒"的奇景。我不能忘记,我们在亚洲大陆最南端科摩林海角沐浴大海,晚上共同招待在黑暗中摸黑走八十里路、目的只是想看一看中国代表团的印度青年。我不能忘记,我们在佛祖释迦牟尼打坐成佛的金刚座旁流连瞻谒,我从印度空军飞机驾驶员手中接过几片菩提树叶,而芝生先生则用口袋装了一点金刚座上的黄土。我不能忘记,我们在金碧辉煌的土邦王公的天方夜谭般的宫殿里,共同享受豪华晚餐,自己也仿佛进入了童话世界。我不能忘记,在缅甸茵莱湖上,看缅甸船主独脚划船。我不能忘记,我们在加尔各答开着电风扇,啃着西瓜,度过新年。我不能忘记的事情太多太多了,怎么说也是说不完的。一想起印缅之行,我脑海里就成了万花筒,光怪陆离,五彩缤纷。中间总有芝生先生的影子在,他长须飘胸,道貌岸然。其他团员也都各具特点,令人忆念难忘。这情景,当时已道不寻常,何况现在事后追思呢？

根据解放后一些代表团出国访问的经验，在团员与团员之间的关系方面，往往可以看出三个阶段。初次聚在一起时，大家都和和睦睦，客客气气。后来逐渐混熟了，渐渐露出真面目，放言无忌。到了后期，临解散以前，往往又对某一些人心怀不满，胸有芥蒂。这个三段论法，真有点厉害，常常真能兑现。

但是，我们的团却不是这个样子。

我们自始至终，都是能和睦相处的。我们团中还产生了一对情侣，后来有情人终成了眷属。可见气氛之融洽。在所有的团员和工作人员中，最活跃的是郑振铎先生。他身躯高大魁梧，说话声音洪亮。虽然已经渐入老境，但不失其赤子之心。他同谁都谈得来，也喜欢开个玩笑，而最爱抬杠。团中爱抬杠者，大有人在。代表团成立了一个抬杠协会，简称杠协。大家想选一个会长，领袖群伦。于是月旦群雄，最后觉得郑先生喜抬杠，而不自知其为抬杠，已经达到抬杠圣境，圆融无碍。大家一致推选他为杠协会长。在他领导之下，团中杠业发达，皆大欢喜。

郑先生同芝生先生年龄相若，而风格迥异。芝生先生看上去很威严，说话有点口吃。但有时也说点笑话，足征他是一个懂得幽默的人。郑先生开玩笑的对象往往就是芝生先生。他经常喊芝生先生为"大胡子",不时说些开玩笑的话。有一次,理发师正给芝生先生刮脸,郑先生站在旁边起哄,连声对理发师高呼:"把他的络腮胡子刮掉!"理发师不知所措,一失手,真把胡子刮掉一块。这时候,郑先生大笑,旁边的人也陪着哄笑。然而芝生先生只是微微一笑,神色不变,可见先生的大度包容的气概。《世说新语》载:"王子猷、子敬曾俱坐一室,上忽发火。子猷遽走避,不惶取屐。子敬神色恬然,徐唤左右,扶凭而出,不异平常。世以此定二王神宇。"芝生先生的神宇有点近似子敬。

上面举的只是一件微末小事。但是由小可以见大。总之,我们的代表团就是在这种熟悉而不亵渎、亲切而互相尊重的气氛中,共同生活了半年。我得以认识芝生先生,也是在一段时期内的事。屈指算来,到现在也近四十年了。

对于芝生先生的专门研究领域,中国哲学史,我几乎完全是一个门外汉,不敢胡言乱语。但是他治中国哲学史的那种坚韧不拔的精神,我却是能体会到的,而且是十分敬佩的。为了这一门学问,他不知遭受了多少批判。他提倡的道德抽象继承论,也同样受到严厉的诡辩式的批判。但是，他能同时在几条战线上应战，并没有被压垮。他坚持真理，修正错误，不惜以今日之我非昨日之我，经常在修订他的《中国哲学史》，我说不清已经修订过多少次了。我相信，倘若能活到一百零八岁，他仍然是要继续修订的。只是这一点精神，难道还不值得我们认真学习吗？

芝生先生走过了九十五年的漫长的人生道路。九十五岁几乎等于一个世纪。自从公元建立后，至今还不到二十个世纪。芝生先生活了公元的二十分之一，时间够长的了。他一生经历了清代、民国、洪宪、军阀混乱、国民党统治、抗日战争，一直迎来了解放。道路并不总是平坦的，有阳关大道，也有独木小桥，曲曲折折，坎坎坷坷。然而芝生先生以他那奇特的乐观精神和适应能力，不断追求真理，追求光明，忠诚于自己的学术事业，热爱祖国，热爱祖国的传统文化，终于走完了人生长途，仰不愧于天，俯不怍于地。我们可以说是他晚节善终，大节不亏。他走了一条中国老知识分子应该走的道路。在他身上，我们是可以学习到很多东西的。

芝生先生！你完成了人生的义务，掷笔去逝，把无限的怀思留给了我们。

芝生先生！你度过漫长疲劳的一生，现在是应该休息的时候了。你永远休息吧！

1990年12月3日

追忆哈隆教授

1935年深秋,我来到了德国的哥廷根。

我曾有过一个公式:

$$天才 + 勤奋 + 机遇 = 成功$$

我十分强调机遇。我是从机遇缝里钻出来的,从山东穷乡僻壤钻到今天的我。

到了德国以后,我被德国学术交换处分配到哥廷根,而乔冠华则被分配到吐平根(Tübingen)。如果颠倒一下的话,则吐平根既无梵学,也无汉学。我在那里混上两年,一无所获,连回国的路费都无从筹措。我在这里真不能不感谢机遇对我的又一次垂青。

我到了哥廷根，真是如鱼得水。到了 1936 年春，我后来的导师 E.Waldschmidt 调来哥廷根担任梵学正教授。这就奠定了我一生研究的基础。梵文研究所设在东方研究所（都不是正式的名称）内，这个研究所坐落在大图书馆对面 Gauss–Weber–Haus 内。这是几百年前大数学家 Gauss 和他的同伴 Weber 鼓捣电报的地方。房子极老，一层是阿拉伯研究所、巴比伦亚述研究所、古代埃及文研究所。二层是梵文研究所、斯拉夫语研究所、伊朗研究所。三层最高层则住着俄文讲师 V.Grimm 夫妇。

大学另外有一个汉学研究所，不在 Gauss–Weber–Haus 内，而在离开此地颇远的一个大院子中大楼里。院子极大，有几株高大的古橡树矗立其间，上摩青天，气象万千。大楼极大，我不知道是做什么用的，楼中也很少碰到人。在二楼，有六七间大房子、四五间小房子，拨归汉学研究所使用。同 Gauss–Weber–Haus 比较起来宽敞多了。

汉学研究所没有正教授，有一位副教授兼主任，他就是 G. 哈隆（G.Haloun）教授，这个研究所和哈隆本人都不被大学所重视。他告诉我：他是苏台德人，不为正统的德国人所尊重。事实上也确实是这样的，我从来没有见过他同德国人有什么来往。哥廷根是德国的科学重镇，有一个科学院，院士们都是正教授中之佼佼者。这同他是不沾边的。在这里，他是孤独的，寂寞的。陪伴他出出进进汉学研究所，我只看到他夫人一个人。在汉学研究所他的办公室里，他夫人总是陪他坐在那里，手里摆弄着什么针线活，教授则埋首搞自己的研究工作。好像这里就是他们的家庭。他们好像是处在一个孤岛上，形影不离，相依为命。

哈隆教授对中国古籍是下过一番苦功的。尤其是对中国古代音韵学有深湛的研究。用拉丁字母来表示汉字的发音，西方有许多不同的方法。但是，他认为，这些方法都不能真正准确地表示出汉字独特的发音，因此，他自己重新制造了一个崭新的体系，他自己写文章时就使用这一套体系。

在我到达哥廷根以前若干年中，哈隆教授研究中心问题，似与当时欧洲汉学新潮流相符合，重点研究古代中亚文明。他费了许多年的时间，写了一篇相当长的论文《论月支（化）问题》，发表在有名的《德国东方学会会刊》上，受到了国际汉学家广泛的关注。

哈隆教授能读中文书，但不会说中国话。看这个问题应该有一个历史的观点。几百年前，在欧洲传播一点汉语知识的多半是在中国从事传教活动的神甫和牧师。但是，他们虽然能说中国话，却不是汉学家。再晚一些时候，新一代汉学家成长起来了。他们精通汉语和一些少数民族的语文，但是能讲汉语者极少。比如鼎鼎大名的法国的伯希和（Paul Pelliot），我在清华念书时曾听过他一次报告，是用英语讲的。可见他汉话是不灵的。

  20世纪30年代，我到了德国，汉学家不说汉语的情况并没有改变。哈隆教授绝非例外。一直到比他再晚一代的年轻的汉学家，情况才开始改变。二战结束，到中国来去方便，年轻的汉学家便成群结队地来到了中国，从此欧洲汉学家不会讲汉语的情况便永远成为历史了。

  我初到哥廷根时，中国留学生只有几个人，都是学理工的，对汉学不感兴趣。此时章士钊的妻子吴弱男（曾担任过孙中山的英文秘书）正带着三个儿子游学欧洲，只有次子章用留在哥廷根学习数学。他从幼年起就饱读诗书，能作诗。我们一见面，谈得非常痛快，他认为我是空谷足音。他母亲说，他平常不同中国留学生来往，认识我了以后，仿佛变了一个人，经常找我来闲聊。彼此如坐春风。章用同哈隆关系不太好。章曾帮助哈隆写过几封致北京一些旧书店买书的信。1935年深秋，我到了哥廷根，领我去见哈隆的记得就是章用。我同哈隆一见如故。对于哈隆教授这一代的欧洲汉学家，我有自己的实事求是的看法，他们的优缺点，我虽然不敢说是了如指掌，但是八九不离十。我们中国人首先应当尊敬他们，是他们把我国的文化传入欧美的，是他们在努力加强西方人对中国文化的了解。他们有了困难，帮助他们是我们的天职。我们没有任何理由小看他们，不尊重他们。

哈隆教授，除了自己进行研究工作以外，他最大的成绩就是努力创造了一个规模不小的汉学图书馆。他多方筹措资金，到中国北京去买书。我曾给他写过一些信给北京琉璃厂的某书店，还有东四牌缏堂等书店，按照他提出的书单，把书运往德国。哥廷根大学图书馆并不收藏汉文书籍，对此也毫无兴趣。哈隆的汉学图书馆占有五六间大房子和几间小房子。大房子中，书架上至天花板，估计有几万册。线装书最多，也有不少的日文书籍。记得还有几册明版的通俗小说，在中国也应该属于善本了。对我来讲，最有用的书极多，首先是《大正新修大藏经》一百册。这一部书是我做研究工作必不可少的。可惜在哥廷根只有Prof.Waldschmidt有一套，我无法使用。现在，汉学研究所竟然有一套，只供我一个人使用，真如天降洪福，绝处逢生。此外，这里还有一套长达百本的笔记丛刊。我没事时也常读一读，增加了一些乱七八糟的知识。在这样的情况下，我在哥廷根十年，绝大部分时间是在梵学研究所度过的，其余的时间则多半是在汉学研究所。

我对哈隆的汉学图书馆也可以说是做过一些贡献的。中国木板的旧书往往用蓝色的包皮装裹起来，外面看不到书的名字，这对读者非常不方便。我让国内把虎皮宣纸寄到德国，附上笔和墨。我对每一部这样的书都用宣纸写好书名，贴到书上，让读者一看就知道是什么书，非常方便，而且也美观。几个大书架上，仿佛飞满了黄色的蝴蝶，顿使不太明亮的大书库里也充满了盎然的生气。不但我自己觉得很满意，哈隆更是赞不绝口，有外宾来参观，他也怀着骄傲的神色向他们介绍，这种现象在别的汉学图书馆中也许是见不到的。

时间已经到了1937年，清华同德国的交换期满了，我再也拿不到每月120马克了。但这也并非绝路，既到了德国，总会有办法的，比如申请洪堡基金等等。但是，哈隆教授早已给我安排好了，我被聘为哥廷根大学汉语讲师，工资每月150马克。我的开课通知书赫然贴在大学教务处开课通知栏中，供全校上万名学生选择。在几年中确实有人报名学习汉语普通话，但过不了多久，一一都走光。在当时，汉语对德国用处不大。不管怎样，我反正已经是大学的成员之一。对我来说，在当时的政治环境下，这是非常有利的。

这时陆续有几个中国留学生来到哥廷根。他们中有的是考上了官费留学的，这在当时的中国，没有极强硬的后台是根本不可能的。据说，在两年内，他们每月可以拿到800马克。其余的留学生中有安徽大地主的子弟，有上海财阀的子女。平时财大气粗；但是，1939年二战全面爆发，邮路梗阻，家里的钱寄不出来，立即显露出一副狼狈相。反观我这区区150马克，固若金汤，我毫无后顾之忧，每月到大学财务处去领我的工资。所有这一切，我当然必须感谢哈隆教授。

哈隆教授的汉学图书馆在德国在欧洲是名声昭著的。我到图书馆去的时候，时不时地会遇到一些德国汉学家或欧洲其他国家的汉学家来这里查阅书籍，准备写博士论文或其他著作。英国的翻译家 Arthur Waley，就是我在这里认识的。

时间大概是到了1938年，距二战爆发还有一年的时间。有一天，哈隆教授告诉我，他已接受英国剑桥大学的邀请去担任汉语讲座教授，对他对我这都是天大的喜事。我向他表示诚挚的祝贺。他说，他真舍不得离开他的汉学图书馆。但是，现在是不离开不行的时候了。他要我同他一起到剑桥去，在那里他为我谋得了一个汉学讲师的位置。我感谢他的美意；但是，我的博士论文还没有完成。此事只好以后再提。

他去国的前几天，我同当时在哥廷根的中国留学生田德望在市政府地下餐厅设宴为他饯行。我们都准时到达。那一天晚上，我看哈隆教授是真动了感情。他坐在那里，半天不说话，最后说："我在哥廷根十几年，没有交一个德国朋友，在去国之前，还是两个中国朋友来给我饯行。"说罢，真正流出了眼泪。从此以后，他携家走英伦。1939年二战爆发。我的剑桥梦也随之破灭。我再也没有见到过他。

在《站在胡适之先生墓前》那一篇文章里，我曾列举了平生有恩于我的师友，在德国，我只列了两位：Sieg 和 Waldschmidt。现在看来，不够了，应该加上哈隆教授，没有他的帮助，我在哥廷根是完成不了那样多的工作的。

2003 年 6 月 30 日于三〇一医院